쏜살같이

KB113554

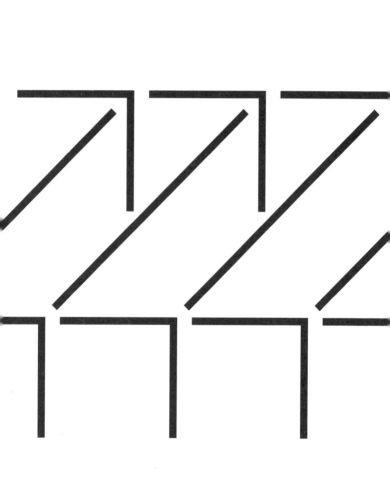

민음사가 쏘아 올린 새로운 화살
21세기 큐레이팅 총서

한 장의 종이 위에 찬란한 순간을 담을 수 있을까? 한 권의 책으로 우리 세계를 품을 수 있을까? 한 손에 쥐인 이야기로 꿈을 꾸고 미래를 그릴 수 있을까?

지난 2016년 민음사 창립 50주년을 기념하여 탄생한 쏜살 문고

독자 여러분의 사랑 속에 오 년여 시간을 숨 가쁘게 달려 지금 여기까지 왔습니다

출판사 민음사의 로고 활 쏘는 사람의 정신을 계승한 작은 총서 쏜살 문고는 21세기 독서 환경에 걸맞은 가볍고 경쾌한 몸피 속에 결코 잊을 수 없는 인생의 경구 때로는 제법 묵직한 사상과 감정을 담습니다

우리의 활시위를 떠난 화살들이 아름다운 글줄로 독자의 가슴에 가닿기를 더큰 울림과 여운으로 간직되기를 희망하며 오늘도 책을 만들고 있습니다

쏜살같이는 달음질치는 독서의 자취이자 쏜살을 더불어 읽자는 제안의 화살입니다

할 수 있는 데까지, 계속해 보겠습니다

유상훈
☰ 편집자

"쏜살 문고가 나왔습니다." 이렇게 당돌한 인사를 올리고 벌써 몇 년이나 지났다. 바야흐로 21세기 하고도 21년의 세월이 흘렀다. 그사이 청록색 화면의 휴대 전화는 초고속 스마트폰이 되었고, 거의 모든 세상사가 손바닥 위에서 이뤄지고 있다. 더불어 우리들의 오락거리도 숱한 변화를 겪었다. 과거에는 밖에서 뛰노는 아이들을 책상 앞에 붙잡아 두려고 혈안이었다는데, 이제는 집 안에서 스마트폰 화면만 들여다보는 통에 골머리를 앓는다고 하니, 격세지감이라고 해야 할까. 아닌 게 아니라 스마트폰 속 세상은 정말 재미있다. 보통 흥미로운 게 아니다. 유튜브, 넷플릭스는 물론 갖가지

게임과 SNS 담벼락의 볼거리가 수시로 넘쳐 나는데, 가만히 주의를 집중하고 초연하기란 사실상 불가능에 가깝다. (물론, 동서고금을 막론하고 독서란 쉽지 않은 일이었지만.) 그런 와중에 툭하고 튀어나온 저 인사말이 과연 누구에게 가닿았을까. (일단 한국출판문화상 후보에 오르는 영광을 누렸다.) 편집자인 나를 비롯해 평소 책을 읽던 사람들마저도 도서 소비를 줄이고, 독서를 멀리하는 분들을 매혹할 방법도 묘연하니, 출판계에서 '새로운 무언가'가 나온들 관심조차 받기 어려운 게 현실이다. 그래서 큰일을 벌이지 않기로 결심하고, 정신없이 바쁜 오늘날에도 무던히 독서를 하고 책을 사 모으는, 어쩌면 여전히 책의 가능성을 믿고 거기에서 무언가를 찾아내고자 분투하고 있을 사람들을 위해 '어떤 것'을 만들어 내 보자고 생각했다. 책이 더는 시대의 흐름을 선도하는 중심 매체가 아니게 됐을 때, 심지어 오락거리로서의 지위마저 잃게 됐을 때, 그래도 끝까지 '책을 사랑하는 사람들'을 위해 편집자는 무엇을 할 수 있을까.

↕

각박한 상황에서도 수백만 부씩 팔리는 책들이 아예 없지는 않지만 도서의 '대량 유통 시대'가 저

물어 가는 건 어느 누구도 부인할 수 없는 현실이다.(정말로 요즘 출판 시장은 예전만 못하고, 앞으로 더더욱 변화하게 되리라.) 이런 난세에 누군가가 나타나서 명쾌하게 예언이라도 해 준다면 참으로 좋으련만, 사실상 책이 거대한 흐름을 쥐락펴락하던 시대는 지나가 버린 듯싶다. 그런데 이렇듯 곤란한 때야말로 스스로 할 수 있는 일과 할 수 없는 일이 뚜렷하게 드러난다.

↕

책의 흥행은 기업 경영자뿐 아니라, 출판사에서 일하는 '노동자'에게도 결코 간과할 수 없는 문제이다. 따라서 출판 시장 자체가 축소되고 있다면, 가령 얼마간 투자의 성패가 굉장히 불투명한 상황이라면, 출판사와 출판 노동자는 당연히 방어적 자세를 취할 수밖에 없다. '위기가 곧 기회'라는 말이 있기는 하지만, 섣부른 공세가 도리어 기업과 노동자 모두에게 이롭지 못한 결과를 가져다줄 수도 있다. 그렇다, 이것이 첫 번째 전제다. 여러 가지 어마어마한 이유로 책이 독자에게 가닿기가 점차 어려워진다면, 우리는 무엇을 할 수 있고, 또 해야 할까.

↕

두 번째이자 마지막 전제는 벌써 언급했다. 바로 독자다. 하루가 다르게, 아니 일분일초 단위로 진

일보하는 첨단 기술 덕에, 이 세상엔 책 말고도 참으로 흥미롭고 유익한 것들이 많이 생겨났다. 오락으로 즐길 만한 것이 달리 책밖에 없었을 때에는 사람들이 독서를 하며 소일했을 터다. 또 무언가를 깨치고 익힐 때 들여다볼 것이라곤 단지 책뿐이었던 적도 있었다. 그런데 오늘날에는 텔레비전, 컴퓨터, 스마트폰 등 즐기고 참고할 것들이 경이로울 정도로 차고 넘친다. 이러한 흐름 속에서 물론 출판계도 넋 놓고 공염불만 올리고 있지는 않았다. 전자책을 필두로 '책의 미래'를 둘러싼 갖가지 시도들이 터져 나왔다. 그런데 이때 굉장히 흥미로운 점 한 가지가 눈에 띄었다. 아마 이 말을 들으면 "그게 뭐 대수냐?"라고 대꾸할 사람도 있겠지만, 여하튼 충분히 인상적인 현상이었다. 이미 다른 매체가 재미나 기능적 측면에서 책의 능력을 압도했음에도, 여전히 종이책을 사는 독자들이 존재했던 것이다. 그 최후의 독자들은 전자책보다 더 비싸고, 휴대하기도 불편한 종이책을 꿋꿋이 선택했다. 도대체 왜 그들은 종이책에 대한 사랑을 끝까지 포기하지 않았을까.

❢

두 가지 전제를 하나의 붓으로 써 내려가다 보니 지금 이 자리에 이르렀다. 즉 「쏜살 문고」는 엄연한 현실과 타협하면서도, 끝내 책을 포기하지 않는 사람들을 위해 탄생했다. 거기서 한발 더 나아가, '안정적인 도전'에 대해서도 고심해야 했다. 마침 민음사엔 지난 50년 동안 축적해 온 「세계문학전집」을 비롯해 「이데아총서」, 「대우학술총서」 등 다양한 전집과 작가 선집 들이 구비되어 있고, 여기에 얽힌 수많은 저자 그리고 옮긴이 들과도 소중한 인연을 유지해 오고 있다. 말하자면 초기 개발 비용을 크게 들이지 않더라도 새로운 편집과 큐레이션만으로 양질의 문고를 꾸릴 수 있는 자산이 충분히 잠재되어 있었던 것이다.(「쏜살 문고」의 아이콘으로서, 민음사가 1970년대 무렵에 사용했던 '활 쏘는 사람'을 내세운 건 결코 우연이 아니다. 민음사가 이룩해 온 '아카이브'가 곧 민음사이므로.) '위험 부담이 적고 신선한 사업(모험)'은 회사 입장에서 보자면 당연히 반길 만한 일이지만, 출판 노동자로서도 한숨 돌릴 수 있는 기회다. 왜냐하면 출판 노동자의 지속 가능한 생활을 위해서도, 회사 측의 환영을 받으면서 편집적 자율을 누리는 일은 무척 중요하기 때문이다.(존재 가치가 있는 책 한 권을 만들기 위해서는 늘 다양한 목소리에 귀 기울여야 한다.) 수익 구조를 바로 세우지 않은 상태에서 무리하게 사업을 쌓아 올리면 종국엔 무너질 수밖에 없다. 옛말을 빌리자면 사상누각(沙上樓閣)인데, 이건 회사나 출판 노동자 모두에게 해로울 뿐 아니라 새로운 출판 기획마저 가로막을 수 있다는 점에서 늘 좋은 책을 기다리는 독자 및 출판 시장에도 무익하다.

이제 독자들의 입장에 서 보자. 강렬한 유혹과 자극이 범람하는 시대임에도 불구하고 '결코 책을 놓지 않는 사람들'에 대해서 생각해 보았다. 사진기가 처음 발명됐을 때, 사람들은 이제 화가들이 붓을 몽땅 꺾게 되리라며 쓸쓸하게 떠들어 댔다. 그런데 화가들은 붓을 놓지도, 빈 캔버스를 함부로 놀리지도 않았다. 오히려 사진 덕에 회화만이 해낼 수 있는 일을 찾아냈던 것이다. 아마 지금 이 순간에도 책을 내려놓지 못한 채 활자 속에 푹 빠져, 이야기가 쏟아 내는 고요한 아우성에 영혼까지 송두리째 사로잡힌 이들이 적잖으리라. 그들은 분명히 안다. 오로지 책이 해낼 수 있는 일, 오직 책만이 전해 줄 수 있는 즐거움을 말이다. ('좋은 작품'이 수록돼 있다는 걸 전제하고) 책을 책이게끔 하는 '책의 물성'은 (책이 아닌) 다른 매체로는 대체할 수 없는 고유한 독서 경험과 소유의 기쁨을 선사한다. 따라서 「쏜살 문고」를 만들 때 '이 점'을 가장 중시하지 않을 수 없었다. 과거의 '문고형 총서'는 아무래도 '보급판'으로서의 성격이 강해, 단지 '저렴한 단가'로 책을 제작해서 '한

번 읽고 치워 버리는 독자'에게 다가가려고 했다. 하지만 이건 어디까지나 '책이 오락거리로서 팔리던 시절'의 이야기일 뿐이다. 책만이 지니는 지극히 독특하면서도 대체 불가능한 '무언가'를 찾아 낸 오늘날의 독자들을 만족시키기 위해서는 수시로 소비되고 마는 문고형 총서가 아닌, 하나하나 오래도록 간직할 수 있고 저마다 개성을 지닌 무언가를 개발해 낼 필요가 있었다.(사실 이건 대한 민국의 사회 경제적 요인까지 함께 따져 보아야 할 문제이긴 하다. 경제 구조, 가족 형태, 주거 환경 등 다양한 요소들의 현저한 변화에 따라 '값싼 문고'마저도 신중하게 소비되며, 소중하게 수집된다.) 즉 문고임에도 단행본처럼 각기 다른 디자인을 적용하고 총서의 순서와 흐름을 나타내는 넘버링까지 과감히 없앤 것은 책을 통해 '자신을 표현할 줄 아는' 섬세한 독자들이 발견해 낸 그 '무언가'를 「쏜살 문고」에 새로이 적용해 보려는 시도이기도 했다. 한편 누구든 단 한 번뿐이라도 책을 다 읽어 본 사람이라면, 책이 주는 '신비한 경험'에 대해 쉬이 공감할 터다. 영화나 텔레비전 드라마는 일단 시작하면 시청자의 의사에 상관없이 모든 내용이 한꺼번에 쏟아져 들어온다. 그런데 책장은 독자 스스로 한 줄 한 줄 발걸음을 내딛지 않는 한 넘어가지 않는다. 따라서 책 읽기는 언제나 투쟁이거나 여행, 여하튼 즐겁지만 힘겨운 모험의 연속이다. 그 때문에 독서를 한다는 것은, (때때로 운 좋게) 한 권의 책을 완독하는 일은 생각보다 엄청난 도전이다. 「쏜살 문고」는 이처럼 고유한 독서 경험을 풍부히 살리기 위해 책의 분량을 정하고, 수록 작품을 선별하여 엮는 데에도 각별히 주의를 기울였다. 최후의 순간까지 책을 놓지 않을 독자들에게 아름다운 책을 선사하는 것만큼, 특별한 독서 경험을 제공하는 일 또한 중요했기 때문이다.

✶

이제껏 출간된 「쏜살 문고」는 일상과 씨름하고, 온갖 골치 아픈 일들과 맞서 싸우면서도 여전히 책을 읽는(그리고 믿는) 사람들을 위한 찬사이다. 앞으로 잊힌 명작들을 새로 소개하고, 두꺼운 책 속에 갇힌 흥미로운 중편·단편 작품들을 발굴하고, 아직 알려지지 않은 대단한 이야기들을 담뿍 지닌 신인들을 찾아내고, 그동안 정전(canon)에서 배제되어 온 여성 및 소수자 작가들을 널리 알리고, 독자들에게 즐거움을 줄 뿐만 아니라 우리 사회에도 기여할 수 있는 다양한 책들을 선보이고 실험할 수 있는 장(場)으로서 「쏜살 문고」를 차근차근 꾸려 나갈 수 있기를 소망해 본다.

가만 생각해 보면 운이 좋았던 것 같다. 길지 않은 편집 경력, 맹랑할 정도로 당차게 하나의 '문고'를 기획하고 펴낸 일…… 최고의 행운이라 하면, 문득 고(故) 박맹호 회장님이 떠오른다. 내가 막 신입이었을 때, 회장님은 일선에서 한 걸음 물러서 계셨지만 늘 신간과 홍보 자료, 서평 등을 꼼꼼히 챙기셨고, 점심시간에는 특히나 새로 들어온 직원들에게 좋은 식사(육회비빔밥이 아직도 선하다.)를 사 주시면서 요즘 세상사를 곰곰 듣고는 하셨다. 그렇게 식사 자리를 마무리할 무렵, 시대는 항상 변하므로 각각의 책을 새로운 도전처럼, 하나하나 '벤처 사업'처럼 여기라고 일러 주셨다. 「쏜살 문고」도 언제나 그 자장 속에 있다. 출판 거인이 쏘아 올린 화살이 여전히 힘차게 활공하고 있음은,

　　　「쏜살 문고」만 봐도 명백하다.

Essay

쏜살같이 읽는 경험

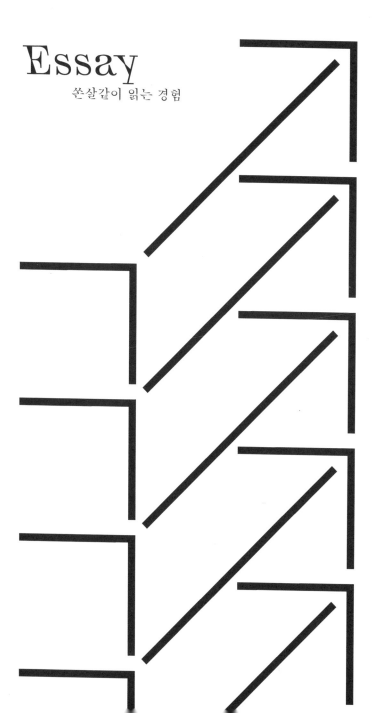

❥❥ ❥❥ ❥❥ ❥❥ ❥❥ ❥❥ ❥❥ ❥❥ ❥❥ ❥❥ ❥❥ ❥❥ ❥❥

문자물리학

❥❥ ❥❥ ❥❥ ❥❥ ❥❥ ❥❥ ❥❥ ❥❥ ❥❥ ❥❥ ❥❥ ❥❥ ❥❥

대학에 들어가기 전까지 워드프로세서를 써 본 적이 없다. 줄 쳐진 공책에 필기했으니 행간은 모두에게 고정값이었고 손글씨의 모양, 크기, 간격은 골격이나 지문처럼 누군가의 속성일 뿐이었다. 활자에 대한 인식도 크게 다르지 않았다. 책장에 인쇄된 글자는 그냥 '원래 그렇게 있는' 것이었다. 문자는 내용을 전달하는 도구일 뿐이고 나는 내용을 읽고 이해할 수 있었으니 무엇을 더 생각하랴.

❦

글에 담긴 내용뿐 아니라 글자 자체 그리고 글자끼리 맺는 관계가 읽는 데 영향을 준다고는 생각하지 못했다. '가독성', '자간', '행간' 따위의 단어를 접하고서야 문자 생태계에 눈을 떴다.

가독성을 중심으로 한 강의 시간이었다. 나는 의혹을 제기했다.

"글을 읽기 좋게 매만진다고 해서 어려운 내용이 쉬워지는 건 아니잖아요. 자간이나 행간보다 내용에 더 집중하는 편이 낫지 않아요? 많이 알수록 가독성은 자동으로 좋아지지 않겠냐고요."

요리를 배우는 사람이 시장이 반찬 아니냐고 항변하는 꼴이었다.

가독성 개념을 얻은 나는 집에 있는 책을 한 권씩 펼쳤다. 읽는 데 아무 지장 없던 글이 저항하기 시작했다. 어떤 책은 글자 사이사이의 도랑에 발이 빠져 앞으로 나아가기 힘들었다. 어떤 책은 여는 따옴표의 앞쪽과 닫는 따옴표의 뒷쪽 간격이 유난히 넓어 도움닫기를 동원해서 한껏 뛰어야 했다. 어떤 책은 글자 너비가 너무 좁고 자간과 행간 역시 발아 그 숲에 발을 들였다간 나오는 길을 못 찾을 것 같았다. 내가 어디에 있는지 알 수 있을까? 다음 줄로 무사히 넘어갈 수 있을까? 같은 줄에서 영원히 맴돌지 않을까? 하지만 첫 글자를 읽자 제 몸을 앞 글자에 바짝 기대고 기다리던 다음

글자가 쑥 다가왔고 셋째, 넷째, 그다음 글자들 역
시 쫄면처럼 꿀렁꿀렁 밀려 들어왔다.

⸰

띄어쓰기 간격에도 차이가 있음을 알게 되었다.
띄어쓰기는 한 칸으로도, 반 칸으로도, 삼분의 일
칸으로도 쓸 수 있는 것이었다. '한 칸'은 생각의
쫄면을 먹기 좋게 끊어 주는 소화 기관이자 글자
의 물리적 공간이었다. 다만 고스란히 한 칸을 띄
우면 어절 사이가 너무 벌어져 부드럽게 읽히지
않고, 띄어쓰기 간격이 행간보다 넓으면 바로 옆
단어보다 윗줄, 아랫줄이 더 가까워지는 참사가
벌어진다나.
"케이크를 먹기 전에 충분한 간격을 두지 않으면
간식이 아니라 후식이 되는 이치지."

⸰

배움을 토대로 곰곰 헤아리니 글자의 관계를 조절
하면 생각의 속도를 조절할 수 있을 터였다.

⸰

먼저 글자 사이를 넓혀 도랑을 잔뜩 만들자 예상
대로 한 문장을 제 호흡에 읽어 내기 힘들었다. 다
음에는 글자 사이를 바짝 좁혔다. 이내 생각의 속
도가 급해져 쏜살처럼 날았다. 앞뒤 글자가 서로
포개질 정도로 글자 사이를 좁히자, 이런, 생각이
뒤엉키고 말았다! 글자와 생각의 상호 작용은 분

이기준   25

명했다. 글자의 물리적 조건으로 생각의 양상을 바꾸는 일이 가능하다는 증거였다. 작업실에 틀어박혀 타이포그래피를 연마한 나는 출판계에 발을 들였다.

︙

획 대비가 크고 곡선이 유려한 문장 부호를 섞어 조판한 지면을 본 편집자는 탄성을 질렀다. "이 반점 너무 매력적이네요! 곧바로 다음 구절로 넘어갈 게 아니라 여기서 좀 더 쉬어야겠어요. 커피도 한잔 마시면서 반점의 형태를 음미하고 싶어요. 으음, 다시 보니 꼭 체리처럼 생겼네요. 올해 체리가 그렇게 맛있다면서요. 안 되겠다, 오늘은 일 그만두고 체리를 얹은 치즈케이크라도 먹으러 가야지."

︙

편집자는 바쁜 일정 속에서도 어떻게든 여유를 찾아 커피 한잔과 함께 문장 부호에 세심하게 주의를 기울여 마감했다. 다음 책에서는 더 장식적이고 화려한 스타일을 원했다. "그동안 책을 소심하게 만든 걸 반성하고 있어요. 앞으론 책에 좀 더 뚜렷하게 성격을 부여하고 싶어요."

︙

편집자는 즐겨 입던 무채색 계열의 옷에 경쾌한

문양을 수놓은 양말과 스카프, 보라색 가방으로
색을 더했다.

↓

독자는 8포인트 크기에 다소 넓은 자간으로 조판
한 얇은 책을 읽고 있었다. 한 자 한 자 손가락으
로 짚어 가며 꼼꼼히 읽었다. 두 번째로 읽을 때는
글자 크기에 비해 손가락이 너무 굵다고 여겼는지
연필로 짚으며 읽었다. 쉬이 읽히지 않는 책을 읽
어 가는 동안 말수가 점점 줄더니 꼭 필요한 말을
할 때도 8포인트 크기로 했다. 말하는 속도 역시
다소 넓은 간격이었다.

↓

행인은 제 몸뚱이만큼 크고 두꺼운 글자로 인쇄한
현수막을 읽으며 다니더니 어느새 목소리가 커졌
다. "여기 국밥 하나!" 말투도 현수막풍으로 짧고
선언적으로 변했다.

↓

「쏜살 문고」 편집부에는 두 진영이 대치했다.
"단락은 당연히 양끝맞추기 해야죠. 네모 안에 가
지런히 맞춰야 생각도 정리돼 보여요. 인간의 생
각이 줄곧 네모 형태 안에서 진화해 왔듯 독자 역
시 익숙한 조건에서 편히 읽지 않겠어요? 읽기
전에 형식에 먼저 익숙해져야 하는 수고를 덜어
주고 싶어요."

이기준   27

"우리 판형은 폭이 좁아서 양끝맞추기를 하면 행마다 자간이 미세하게 달라져요. 간혹 눈에 띄게 좁아지거나 넓어지기도 하고요. 그때마다 억지로 조정해야 하는데 사실은 조정이라고 할 수 없죠. 바로잡는 게 아니라 문제가 없는 것처럼 보이도록 더 왜곡하는 셈이니까요. 오른끝흘리기를 하면 균등한 자간으로 조판할 수 있어요. 당장은 낯설겠지만 인간은 의외로 금방 적응한다니까요."

︶

두 진영의 입장이 확고해 방향이 잡히지 않는 가운데 타개책이 나왔다.

"쌍방이 지금처럼 평행을 유지하면 아무것도 할 수 없어요. 편향이 필요한 시점입니다. 앞으로 어떤 사람이 되고 싶은지 스스로 질문해 봅시다. 우리가 되고 싶은 사람이 될 수 있는 타이포그래피를 구현하는 거죠."

"그 방법에도 문제는 있어요. 마치 미래만 중요하다는 듯 말씀하시는데, 창작에는 만드는 사람의 현재가 녹아들기 마련이잖아요. 이 시점에서 디자이너의 의중을 살펴봅시다."

︶

나는 아무 말도 할 수 없었다. 독자의 생각을 움직일 궁리만 했지 작업을 나 자신의 관점을 구현하는 장으로 여기지 않은 터였다.

❣

"세상에! 지금껏 아무 관점 없이 작업해 왔단 말인
가요?"

"현재 없이 미래가 있을 리 없잖아요."

❣

작업에 관점이 없다는 사실에 충격을 받고 지난
세월 읽은 책을 모두 다시 펼쳐 보았다. 지면의 지
형이 기억과 달랐다. 지면은 그대로였지만 지형을
받아들이는 내 시선이 예전과 달라진 것이었다.
한껏 건너뛰어야 했던 도랑은 생각의 적정 속도를
유지하게 하는 샛길로 보였고, 쫄면 같은 글줄은
죄 붙어 한 덩어리로 보였다.

❣

글자의 관계로 미래를 바꿀 수 있으되 그 관계는
현재의 산물이다. 지금 일어나는 순간순간이 한
글자 한 글자 쌓여 미래가 되는 것이지 현재의 어
느 단락을 건너뛴 채 미래를 당겨 올 수는 없을 것
이었다.

❣

나는 새 도큐먼트를 열었다.

━━━━━━━━━━━━━━━━━━━━━━━

가볍게 한 권 더
◆「다니자키 준이치로 선집」◆
일러스트레이터 이빈소연과 디자이너 유진아의

환상적인 지음새가 아니었다면 다니자키 준이치로와의 만남은 더 나중으로 미뤄졌을 것이다. 부디 더 많은 작가와 글이 자신에게 어울리는 형식을 만나 해로하길!

➤➤ ➤➤ ➤➤ ➤➤ ➤➤ ➤➤ ➤➤ ➤➤ ➤➤ ➤➤ ➤➤ ➤➤

이기준

⊜ 그래픽 디자이너. 산문집 『저, 죄송한데요』와 『단골이라 미안합니다』를 지었습니다.

➤➤ ➤➤ ➤➤ ➤➤ ➤➤ ➤➤ ➤➤ ➤➤ ➤➤ ➤➤ ➤➤ ➤➤

정지돈의 쏜살

➤➤ ➤➤ ➤➤ ➤➤ ➤➤ ➤➤ ➤➤ ➤➤ ➤➤ ➤➤ ➤➤ ➤➤

톰 매카시의 『찌꺼기』

➤➤ ➤➤ ➤➤ ➤➤ ➤➤ ➤➤ ➤➤ ➤➤ ➤➤ ➤➤ ➤➤ ➤➤

안 되겠네요, 이 작품은 기각되었어요①

➤➤ ➤➤ ➤➤ ➤➤ ➤➤ ➤➤ ➤➤ ➤➤ ➤➤ ➤➤ ➤➤ ➤➤

언제부터인지 모르겠지만 한 번에 술술 읽히는 책을 좋아하지 않게 되었다. 술술 읽는 방식의 독서를 안 좋아한다고 해야 할까? 아마 포스트모더니즘이라는 몹쓸 병에 감염된 뒤인 거 같다. 세상의 복잡함과 진리의 불확실성, 타인의 고통을 말하는 것에 대한 난감함과 일상적인 정체성 혼란, 매체에 대한 반성과 언어의 수행성에 대한 고찰 등. 이런 시대에 몰입과 카타르시스를 강제하는 글을 쓴다고? 그런 건 드라마에나 줘 버려! 기욤 뮈소 같은 놈들이나 하는 짓이지! 뭐, 이렇게까진 아니지만 비슷한 생각이 (무)의식에 있었고 읽기와 쓰기 모두 사레 걸린 것처럼 막히고 토막 났다.

물론 이런 생각은 오해이거나 특정 군의 사람들이 지닌 이데올로기였고 대부분의 경우 기만에 불과했다. 프레드릭 제임슨이나 주디스 버틀러, 카프카나 베케트를 들먹이는 평론가나 작가 들은 뒤에서는 가독성, 가시성, 재미의 노예였고 집에 숨어 드라마와 블록버스터 또는 아카데미 시상식용 영화만 봤다. 출판계와 독자들은 말할 것도 없다. 머릿속에 쏙쏙, '멱살을 잡아 끌고' 전진하는 책을 좋아했고, 그래서 포스트모더니즘이나 모더니즘 나부랭이들은 아주 잠깐 빛을 발한 후 얘네 때문에 문학이 재미없어졌어, 쯧쯧, 자기만의 세계에 갇혔어, 쯧쯧 하는 소리를 듣는 신세가 되었다.

각설하고, 나는 어느 쪽 편도 아니다. 사실 이 문제를 깊게 파고들어 가는 게 무슨 소용인가 싶다. 쏜살같은 독서, 얹힌 듯 꽉 막힌 독서, 조각조각 찢긴 독서, 물에 잠겨 둥둥 떠다니는 독서, 불에 덴 듯 고통스러운 독서 등. 독서에는 모두 나름의 가치가 있다. 당신이 만약 책을 읽는다면 말이다. 그러니까 문제는 책을 읽는다는 사실이다. 책 읽는 사람은 원래 소수였고 문맹이 거의 사라진 지금 시대에도 소수이며 앞으로도 소수일 것이다. 그런 판국에 책 좀 읽겠다는 사람을 그렇게 괴롭

혀서 쓰겠어, 이 포스터모던 꾸러기들아, 쯧쯧.

톰 매카시의 『찌꺼기』를 어떻게 읽게 됐는지 잘 모르겠다. 여느 때처럼 도서관을 들락거리며 모르는 소설을 뒤적이다 얻어걸렸을 것이다. 뒤표지 문구는 상투적이었다. "카프카의 소외와 프로이트의 강박이 창조한 섬뜩한 세계" 그놈의 카프카와 프로이트는…… 막상 읽기 시작한 뒤에는 말 그대로 소설에 멱살 잡혀 하드캐리당했다. 주인공의 무신경함, 비인간성, 삶이 진짜가 아니라고 믿는 강박증, 이유를 구구절절 설명하지 않는 단호함. 결말을 읽을 때는 누군가 책으로 뒤통수를 세게 내려치는 기분이 들었다. 이거야! 이게 바로 책 읽는 맛이지!! 나는 『찌꺼기』를 읽고 받은 영감으로 소설을 썼다. 「여행자들의 지침서」라는 제목의 단편으로 평소와 다르게 순식간에 완성했다.

　　이거야! 글은 이렇게 쓰는 거지! 일필휘지!!

작가가 쓴 속도와 독자가 읽는 속도는 비례한다는 속설이 있다. 나는 「여행자들의 지침서」를 쓰고 깨달았다. 이 속설은 나와 맞지 않구나……. 내 소설을 쏜살같이 읽는 사람은 아무도 없었다.(있었을지도 모르겠다. 서너 명……) 알고 보니 톰 매카시의 소설도 쏜살같이 읽는 사람이 거의 없었다. 그는 영국의 대표적인 아방가르드 소설가로 베스트셀러와 거리가 멀었다. 그러나 『찌꺼기』는 아방가르드 문학도 장르 문학도 아니다. 혹은 그 둘 다이거나. 『찌꺼기』는 위에서 말한 유형으로 구분되지 않는다. 포스트모더니즘 소설은 어렵다거나 독서를 방해한다는 생각 말이다. 내가 독서에 관해 믿는 건 오직 다음과 같은 사실뿐이다. 당신이 읽고자 한다면 무엇이든 읽을 수 있다. 당신이 읽고자 하지 않는다면 무엇도 읽을 수 없을 것이다.

가볍게 한 권 더
✧ 『물질적 삶』 추천사 ✧

마르그리트 뒤라스는 서문에서 "포기했다."라는 말을 반복한다. 질문하고 대답하는 방식을 포기했고 텍스트를 주제별로 다루는 것을 포기했다. 견해를 반영하지도 않았고 사유를 드러내지도 않았다. 이 책은 일기도 아니고 칼럼도 아니다. 그럼 뭘까? 뒤라스는 말한다. 그냥 읽는 책이다. 그렇다. 그게 바로 내가 원하는 책이다. 아무런 권한도 의무도 없이, 그냥 책. 성찰이나 반성 없이 포기와 단념만으로, 그러나 그러한 중단 속에 오로지 말하기와 쓰기만이 남았을 때 도래하는 책.

정지돈

⊖ 소설가. 몇 권의 소설과 에세이를 출간했습니다.

><><><><><><><><><><><><><><><><><><><><><

① 톰 매카시의 투고를 받은 출판사 포스에스테
이트(Fourth Estate)의 편집장이 한 말(출처: 네
이버 「현대영국작가사전」)

><><><><><><><><><><><><><><><><><><><><><

╼ ╼

나는 어떻게 느긋함을 멈추고
쏜살같이 읽게 되었나?

╼ ╼

어린 시절, 나는 책을 많이 읽는 아이였다. 당연
하지. 볼 게 책뿐이었으니까. 텔레비전에서는 "새
나라의 어린이는 밤 9시가 되면 잠자리에 들어야
한다."라는 공익 광고를 내보내던 시절에다가, 비
디오도 없던 때라, 책만 읽었다. 그래서 나는 어린
이들에게 유튜브 대신 책을 읽혀야 한다는 주장에
동의하지 않는다. 자연스럽지 않기 때문이다.

아무튼 그런고로 내 성장기에 독서의 지위는 '볼
게 책뿐이던 시절'에 한정된다. 원래 알고 있던 건
아니었다. 이 글을 쓰기 위해 추억을 더듬다가 깨
닫게 된 것이다. 유소년기에는 계몽사에서 나온

세계 명작 동화를 읽었다. 그 시리즈는 두 파트로 나뉘어 각각 60권 전집으로 구성되었는데, 하필 집에는 한 세트밖에 없었다. 그런데 동네 친구 집에는 120권이 다 있었다. 나는 그 집에 가서 우리 집에 없는 나머지 절반 60권을 읽어 치웠다. 친구가 없을 때도 그 집에 들어가 친구 방에서 책을 읽는 정도였다. 친구 어머님은 그게 기특했던지 내가 아무 때나 초인종을 눌러도 들여보내 주셨다. 다만 어린 나이에도(국민학교 1학년일 때니까 어린 게 맞지.) 남의 집에서 '느긋하게' 독서할 배짱은 없어서 늘 후다닥 읽고 귀가하곤 했다. 우다다다 후다닥, 나의 쏜살 독서 입문기.

쏜살 독서에 대해서라면 특징적인 기억이 몇 있다. 몇밖에 되지 않는 건 크게 두 가지 이유에서일 거다. 평소에 느긋하게 독서를 하기 때문이거나, 평소에 독서를 하지 않기 때문이거나. 요즘을 기준으로 본다면, 나는 후자에 해당한다. 나는 사실 책을 읽기보다는 책을 산다. 책을 산다는 그 행위가 독서를 대체하는 기분이 들 정도로, 책 사 모으기에 몰두한다.

'간혹' 책을 읽을 때에도 한 권을 느긋하게 끝까지 읽는 경우가 드물다. 여러 권을 동시에 훑어 읽는다. 집중력이 부족해서이기도 하고, 읽어야 할 책이 많아서기도 하지만 무엇보다 시간이 없다. 소설책 한 권을 읽는 데 적어도 다섯 시간이 필요하다고 하면, 사실상 그 시간을 내기가 어려운 것이다. 넷플릭스 시리즈 하나를 보려면 최소 반나절이 필요하고, 유튜브 플레이리스트를 들으려 해도 기본 두 시간은 요구된다. 상황이 이런데 어떻게 독서에 다섯 시간이나 쓸 수 있겠니? 볼 게 책뿐이던 시절은 영영 사라졌다. 지구 종말이 오지 않는 한, 그 시절은 재림하기 어려울 것이다.

물론 처음부터 이러지는 않았다. 오랫동안 나에게 독서란, 보통 마지막 장에 써 있는 카피라이트까지 읽어야 마침내 다른 책을 펼칠 수 있는 행위였다. 그래서 꾸역꾸역 읽었다. 지겨워도 슬퍼도 나는 안 울고 끝까지 읽었다. 그렇게 읽은 책들은 도대체 제목도 내용도 카피라이트도 전혀 기억하지 못한다. 오히려 급하게 읽은 것들은 오래 기억되는데 말이다. 고등학생 때 친구 집에 놀러 갔다가 우연히 읽은 할리퀸 로맨스 소설들.(그게 왜 거기 있는지, 그 자리에 있어야만 했는지 우리는 묻지도 설명하지도 않았다, 느낌 아니까.) 『팜스프링스의 추억』의 마지막 장에서 제시카였는지 제인이었는지 모를 금발의 아름답고 순진무구한 소녀가

구릿빛 피부의 건장한 피터인지 잭슨인지로 불리는 나이 많은 재벌 아저씨에게 안겨 키스하는 순간의 떨림은 아직도 생생하다. 손바닥에 쏙 들어오는 그 얇은 책을 꺼낸 자리에서 후다닥 읽고 원래 있던 자리에 꽂아 두기까지는 한 시간도 채 걸리지 않았다.

⸎

그쯤의 나는 친구들과 독서 내기를 하던 고교생이었다. 독서 내기라니? 아니 인터넷도 플스도 심지어 S.E.S도 없던 시절이라니까. 하여간 그래서 엔터테인먼트라곤 소설책밖에 없던 친구들과 한 학기 내내 독서 내기를 했다. 하루 수업이 끝나기 전까지 가장 많은 책을 읽고 수업이 끝나기 전에 서로에게 줄거리를 완벽하게 요약하면 이기는 게임이었다. 덕분에 종일 수업은 뒷전, 책상 서랍에 책을 숨겨 두고 수업 시간 내내 읽었다. 그런데 하루에 책을 몇 권이나 읽을 수 있을까? 내 기록은 세 권이었다. 다섯 권까지 읽은 친구가 있었지만 그녀석의 손에는 『슬램덩크』가 쥐여 있었다. 그러니 탈락. 만화책이라서가 아니라 줄거리를 요약하려면 농구공이 필요했기 때문이다. 속도가 중요한 독서에서 『죄와 벌』 같은 걸 읽을 리 없었다. 우리는 『소설 손자병법』, 『소설 동의보감』, 『달은 해가 가는 꿈』, 『벽오금학도』, 『세븐 사인』, 『리모』 같은 대중 소설을 읽었다. 이문열도, 이외수도 이때 다 읽었고 도서 출판 해냄이니 고려원이니 하는 출판사 이름을 기억하게 된 것도 그때다.

❦

스피드 독서라면, 군대에서의 기억도 빠질 수 없다. 나는 춘천에서 근무했는데, 국군 장병 여러분이 안타까웠던 춘천시는 매달 '군장병을 위한 이동 도서관'이라는 이름으로 춘천 시립 도서관에서 백 권의 책을 파병, 아니 입고시켰다. 책이긴 하지만 춘천시 소유의 재산이므로 누군가는 이 책을 엄중히 지켜야 했다. 춘천시 공무원은 전혀 몰랐겠지만, 읽으라고 보낸 책은 본의 아니게 유리문으로 된 캐비닛에 자물쇠까지 채워져 삼엄한 경비 대상이 되었다. 열쇠는 병장 중 한 명이 관리했다. 그리고 어쩌다 보니 내가 병장이 되자마자 전역하는 선임에게 그 열쇠를 물려받게 되었다. 내가 있던 부대에서는 상병이 되기 전에는 책을 읽지 못했는데, 그래도 몰래몰래 숨어서 내가 책을 읽고 있음을 알아차린 선임이 나를 지목한 것이다. 어차피 책에는 도통 관심 없는 20대 청년들이 우글대다 보니 책들은 내 독차지가 되었다. 심지어 공식적으로. 대충 계산해도 하루에 세 권만 읽으면 한 달에 백 권을 다 읽을 수 있지 않나. 그래서 그렇게 했다. 매달 그랬던 건 아니지만 그래도

백 권 중 절반은 읽었다. 물론 다 기억하지는 못하지만, 대체로 1990년대 초중반에 나온 국내외 소설들은 그때 다 읽었다.

꿒

그러고 보면…… 언제나 뜻하지 않게 책에 빠져드는 때는 이사를 하거나 책장을 정리할 때다. 짐을 다 늘어놓고, 그중에서도 특히 책을 쌓아 두고 버릴 것과 남길 것을 꼽아 보며 살생부를 작성하다 보면 어느새 책 한 권을 집어 들고 읽는 자신을 발견한다. 하필 오래전에 읽은 것이라면 읽는 동안 '아이고, 할 일이 얼마나 많은데 왜 지금 이러고 있지.' 하면서도 다음 장으로 넘어간다. 또 하필 읽지 않은 책이라면 '아이고, 이렇게 재미난 책을 왜 여직 안 읽고 있었지.' 하면서 다음 장으로 넘어간다. 하여간 이삿짐을 싸다 말고 혹은 책장을 정리하고 잠들겠다는 각오와 무관하게 시간은 순식간에 흘러 새벽이 되고, 방바닥을 엉망진창인 채로 내버려 두고 잠이 든다. 당장 읽어야 할 책이 있으면 이삿짐을 싸거나 대청소를 하면 된다는 걸 그렇게 배웠다.

꿒

마감에 쫓기듯 한정된 시간에 맞춰 책을 읽고, 그 시간 내에 독서를 끝내지 못하면 가차 없이 다음 책으로 넘어가야 했던 시절의 독서는 내게 찌릿찌

릿한 긴장감으로 남아 있다. 책의 문장, 종이의 질감으로 독서가 기억되는 게 아니다. 수업 시간에 선생님에게 걸려서 혼나지 않을까 하는 긴장감, 옷 속에 시집을 숨기고 화장실에 가서 두려움 속에 급히 읽어 내리던 문장들, 다음 달이면 영영 내 손을 떠나게 될 책들의 책등에 적힌 제목들, 그런 상황에서의 독서란 언어가 아닌 감각의 재현이다.

그러니까 독서는 결국 온몸으로 하는 일이다.

†

그래서 나는 책을 잘 읽지 않고 많이 사는 중년이 되었다.(응?) 지금 책장에 이중 삼중으로 꽂히거나 바닥에 쌓인 저 책들은 당장에 읽을 것들이 아니다. 걱정은 없다. 급한 일이 생기면 쏜살같이 읽게 될 것이므로. 예컨대 마감이라든가 강의라든가 혹은 이사라든가. 그 어느 때고 나는 시간에 쫓기며, 책장을 급히 넘기며, 페이지 왼쪽 상단에서 오른쪽 하단으로 비스듬히 시선을 내리꽂으며 문단을 읽고, 그 피로하고 쫀쫀한 감각의 테두리 안에서 온몸으로 책을 읽어 내려갈 것이다. 적어도 내겐, 느긋하게 하는 독서보다는 이렇게 쏜살같이 읽어 쳐내는 독서가 확실히 즐겁다.(그러고서 남는 시간엔 넷플릭스 봐야지.)

➤➤➤➤➤➤➤➤➤➤➤➤➤➤➤➤➤➤➤➤➤➤➤➤

가볍게 한 권 더

차우진

✧ 강신재의『해방촌 가는 길』✧

책을 읽는 동안 여성들의 힘찬 기운에 반하게 된다. 도무지 해결될 것 같지 않은 가난, 들켜선 안 되는 금기, 살아가기 위해 필요한 역할 따위에 이 여자들은 잡아먹히지 않는다. 반면 남자들은 죄다 우울하고 안쓰럽다. 어떤 상황에서도 기운을 차리는 강신재의 여자들은 '매우' 살아 있다. 살아 있는 것이야말로 감출 수 없는 메시지다. 바로 이 책을 추천하는 이유다.

❥ ❥ ❥ ❥ ❥ ❥ ❥ ❥ ❥ ❥ ❥ ❥ ❥ ❥ ❥ ❥ ❥ ❥ ❥

차우진

⊜ 음악 평론가.『청춘의 사운드』를 썼습니다.

❥ ❥ ❥ ❥ ❥ ❥ ❥ ❥ ❥ ❥ ❥ ❥ ❥ ❥ ❥ ❥ ❥ ❥ ❥

╾╼ ╾╼ ╾╼ ╾╼ ╾╼ ╾╼ ╾╼ ╾╼ ╾╼ ╾╼ ╾╼ ╾╼ ╾╼ ╾╼

4호선에서 2호선으로 갈아타면

╾╼ ╾╼ ╾╼ ╾╼ ╾╼ ╾╼ ╾╼ ╾╼ ╾╼ ╾╼ ╾╼ ╾╼ ╾╼ ╾╼

동대문역사문화공원역은 그 이름을 이루는 글자 수만큼이나 많은 사람이 오가는 곳이다. 지하철 2, 4, 5호선이 겹치는 이 환승역을 하루 동안 오가는 이용객이 무려 9만 명이다. 상상하면 뭔가 통쾌한 구석이 있다. 와라라라라락. 18만 개의 구두, 운동화, 샌들이 부지런히 움직이며 마치 끓는 물의 공기 방울처럼 방정맞게 콘크리트 바닥을 두드린다.

⁑

4호선에서 2호선으로 갈아타면 앉을 수 있다는 공식이 있었다. 그 무렵 나의 출근은 정확히 같은 시각에 정해진 절차에 따라 오차 없이 반복됐다. 이 시각에 여기서 타고, 저기까지 걷고, 거기서 올라가고 하는 식이다. 그런 반복적 일상은 나뿐이 아니었나 보다. 군중이 흐르는 유형도 한결같았다. 하행 4호선에서 빽빽이 짓눌린 이용객들이 동대문역사문화공원역에서 우르르 터져 나온다. 그들 중 일부는 간헐천 증기가 뿜어지듯 지상으로 뛰어 나가고, 다른 무리는 홍대입구 방면 열차로 몰려간다. 여기서 나는 주류로부터 분리되어 잠실 방면 순환선을 탄다. 승객의 밀도가 갑자기 헐렁해져서 좌석에 여유가 있다. 노약자가 아니어도 앉아서 갈 수 있다.

☽

거대 흐름에서 벗어나 2호선에 앉으면 매운 음식을 먹은 것처럼 멍하니 아무 생각도 나지 않는다. 그 시간이 괜히 펑펑해서 손에 장식처럼 책 하나걸어 놓으면 좋겠다는 생각이 들었다. 회사에서 가까운 서점에 들러 눈에 띄는 책 하나를 샀다. 앞으로 그 책을 A라고 부르기로 하자.

☽

다음 날부터 A를 지참하고 출근길에 나섰다. 4호선에서 터져 나와 2호선으로 갈아타고 슬그머니 좌석에 앉아 책을 펼쳐 읽었다. 몇 장 넘겨 보고곧장 알아봤다. A는 미친 듯이 재밌었다. 단지 재밌다는 설명은 적절치 못하다. 차라리 당시 내 기분과 태도에 잘 맞았다고 하는 편이 나으리라. 그게 더 무섭다. 잘 맞는 책. 첫 출근길에 이미 얼굴이 A에 붙어 버렸고 목적지에 다다라서도 한사코 A를 덮기가 싫어 "문이 열립니다." 소리를 듣고서야 가까스로 자리에서 일어났다.

일이 이렇게 됐다면 그날 퇴근 후에 침대에 누워 A를 꺼내 읽어야 마땅하다. 하지만 그날 밤 A를 펼치고 싶은 유혹을 뿌리쳤다. 지킬 건 지켜야지. 출근 지하철에서만 읽기로 했잖아. 그 무렵 나는 어떤 사소한 일에 무의미한 제약을 두는 경우가 종종 있었다. 그렇게 함으로써 지루하기 짝이 없는 삶 속에서 무색무취로 흘러가는 시간에 어떤 표식을 남길 수 있기를 기대했다. A를 읽는 시간은 하루 15분, 오직 출근길에만 허용했다. 좋아하는 초콜릿을 아껴 먹듯이, 그렇게 매일 아침 2호선에서 A를 작게 쪼개어 꺼내 먹었다.

달리는 지하철에서 참았던 A를 만끽하는 짧지만 달콤한 시간. 그 후로 한동안 나의 의식은 2호선을 타는 시간을 중심으로 송두리째 재편성됐다. 겉보기에 달라진 건 없었다. 출근하고 일하고 퇴근하고 집으로 돌아오는 단조로운 생활. 하지만 그 안에서 나의 모든 신경은 아침 시간으로 쏠렸다. 업무를 처리하며, 밥을 먹으며, 모니터를 보며, 세탁기를 돌리며 2호선의 A를 기다렸다.

❧

열흘이 지나자 A는 눈에 띄게 줄어들었다. 앞으로 세 번 더 읽으면 결말을 보겠거니 싶었다. 그리고 그날 회사를 그만두게 됐다. 회사 사정이 어려워서 인원을 감축하게 됐으니 인제 그만 나와도 된다는 얘기를 들었다. 애초에 계약직이었고, 처음 약속한 기간보다 오래 근무했던 터라 별 고통 없이 통보를 받아들였다. 한 달 동안 유예 기간을 주겠다고 했지만 번거로운 마음에 곧장 그만둔다고 했다. 가까이 일하던 직원들과 나누게 될 작별 인사가 지레 스스러워 팀장만 따로 불러내 인사를 했다. 팀장은 그런 상황에서 누구나 지었을 법한 표정인 채로 진심이지만 상투적인 작별 인사를 건넸다. 모니터 앞에 놓았던 피규어 몇 개를 쇼핑백에 쓸어 넣고 아무도 모르게 회사 건물을 빠져나왔다.

❧

그 후로 A를 다시 펼치지 못했다. 피규어를 넣은 쇼핑백에 A도 들어 있는데 그걸 지하철에 놓고 내린 것이었다. 책이야 다시 사면 된다고 생각했지만 막상 그렇게 되지 않았다. 퇴사 이후 전개된 정신없는 환경 변화에 치여서 한동안 책은 뒷전이었다. 나중에 다른 일로 들른 서점에서 문득 생각이 나서 찾아봤지만 어쩐지 발견할 수 없었다. 그리고 잊었다. 그때가 2006년이니까, 십오여 년 동안 A의 남은 페이지를 마저 넘기지 못한 셈이다.

ꓳ

"쏜살같은 독서 경험을 주제로 한 에세이"를 써 달라는 요청을 보고 감쪽같이 잊고 살던 A가 스르륵 떠올랐다. 그 길로 인터넷 서점에서 제목을 검색했다. A를 찾기는 전혀 어렵지 않았다. 여전히 스테디셀러였기에. 하지만 표지 디자인은 몰라보게 바뀌었더군. A를 배송받고 상자를 뜯지 않은 채로 책장 한쪽에 보관했다. 어느 느긋한 토요일 아침을 노려 지하철역으로 향한다. 객차 안에는 주말 이른 시각 특유의 청량함이 가득하다. 4호선을 타고 가다가 동대문역사문화공원역에서 2호선으로 갈아탄다. 순환 노선을 반 바퀴도 돌기 전에 십오 년 치 분량을 읽어 치운다. 기억에 까마득한 얘기가 새록새록하다. 등장인물 이름이 생각나지 않을 뿐, 다시 읽는 데 불편이 없다. A는 그때나 지금이나 똑같이 재밌다. 푹 파묻혀 시간 가는 줄 모르고 읽는다. 오래전 그날처럼.

ꓳ

그리고 놀라운 사실. 마지막에 주인공이 죽는다.

제길, 나는 해피엔딩이 좋은데.

>> >> >> >> >> >> >> >> >> >> >> >> >> >>

가볍게 한 권 더

✧ 히구치 이치요의 『가는 구름』 ✧

문장이 아름답다. 그러지는 않겠으나, 만약 여기 실린 일곱 개의 사랑 이야기를 골자만 요약해 들려준다면 당신은 지극히 상투적인 내용이라 평가할지도 모른다. 하지만 책을 펼치고 글줄로 들어가 그 옛날 누군가 적어 놓은 단어와 문장을 주르륵 읽는다면 이제는 기억에 덮여 생각나지 않았을 낯선 감각을 다시 꺼내어 보게 되리라. 땅거미 진 어느 곳에서 오지 않을 이를 기다리던 쓸쓸한 기분을.

>> >> >> >> >> >> >> >> >> >> >> >> >> >>

이지원

㊀ 국민대학교 시각디자인학과에서 디자인을 연구하고 교육합니다. 저서로는 『교수님의 주둥아리는 도무지 쉴 줄을 모른다』, 『명치나 맞지 않으면 다행이지』, 『디자이너의 곱지 않은 시선』이 있습니다. 유튜브 채널 '옵치왕'을 운영하며 게임 공략 영상을 제작하고 있습니다.

>> >> >> >> >> >> >> >> >> >> >> >> >> >>

은모든의 쏜살

➤ ➤ ➤ ➤ ➤ ➤ ➤ ➤ ➤ ➤ ➤ ➤ ➤ ➤ ➤ ➤ ➤ ➤ ➤

윤이형의 『붕대 감기』

➤ ➤ ➤ ➤ ➤ ➤ ➤ ➤ ➤ ➤ ➤ ➤ ➤ ➤ ➤ ➤ ➤ ➤ ➤

우리 모두에게 행운이 따른다면

➤ ➤ ➤ ➤ ➤ ➤ ➤ ➤ ➤ ➤ ➤ ➤ ➤ ➤ ➤ ➤ ➤ ➤ ➤

매해 휴가철이면 읽을 만한 책을 몇 권 골라 달라
고 청하는 지인이 있다. 그래 놓고 휴가를 마친 후
에는 번번이 기껏 책을 챙겨 갔건만 시작도 하지
못했다고, 심지어는 트렁크에서 꺼낸 적조차 없이
돌아왔다고 전하며 겸연쩍어한다. 몇 해 같은 패
턴을 반복한 후에 나는 굳이 짐만 더하느니 책을
가져가지 않는 편이 낫지 않느냐고 물었다. 반면
그 얘기를 들은 다른 친구는 설렘과 가능성이라는
관점을 제시했다. 우선 여행지에 어떤 책이 어울
릴까 고르는 시간 자체가 떠나기 전의 설레는 시
간을 더 풍성하게 해 준다는 것이었다.

"가능성은 일단 가져가면 읽을 수도 있다는 그 가능성을 말하는 거지?" 나는 물었다. "그런데 항상 안 읽고 온다니까. 한 5년째, 계속."

"어쨌든 가져가면 읽을 수도 있는 거잖아. 가져간 책 안 읽고 온다고 돈이 몇백씩 드는 것도 아닌데, 뭐."

✲

친구는 심드렁한 어투로 대꾸했다. 그러고는 자신이 20대 시절, 출근 전 영어 학원에 다니기로 결심하고 등록하는 데 든 돈과(일 년 치를 결제하면 할인율이 컸으므로 거침없이 그쪽을 택했다고 했다.) 졸음을 이기지 못해 수업을 무수히 포기한 후 다시 전화 영어를 수강하는 데 든 돈을 합하면 너끈히 몇백만 원은 된다고 강조했다.(회식과 야근이 잦은 업종에 종사하던 때라 전화 영어 수업 역시 자주 빼먹었다고 했다.) 뭔가 시도해 본다는 느낌만 남기고 흔적도 없이 사라진 돈이었다.

✲

영어 수업이라는 목적을 운동이나 새로운 취미, 자격증 취득 목표 등으로 바꾼다면 "시도해 본다는 느낌"만 남긴 경험담은 살면서 숱하게 접해 온 터였다. 그에 비하면 과연 트렁크에서 부피만 차지한 채 읽지 않은 책의 무게쯤은 산뜻하게 치를 만한 기회비용으로 여겨졌다.

ϒ

그날의 대화를 다시 떠올린 것은 인사동의 어느
복합 쇼핑몰 내부에 위치한 작은 책방을 향하던
때였다. 지난해 초여름, 기본적으로 집에서 작업
하는 터라 생활에는 큰 변화가 없었고 그 점에 대
해 깊이 감사함에도 불구하고 멍하니 창밖을 바
라보노라면 마음 한쪽에서 버석버석거리는 소리
가 들리던 때. 창밖으로나마 집이 아닌 곳의 풍경
을 실컷 보기만 해도 숨이 좀 트일 것 같다는 마
음이 차오르던 시기였다. 고민 끝에 하룻밤 묵기
로 결정한 호텔은 조계사가 내려다보이는 곳이었
다. 불교 신자가 아니었기 때문에, 지금껏 특별한
관심을 기울인 적 없는 모습이었으므로 더욱 반갑
게 느껴지는 풍경이 거기에 자리했다. 삼십 분쯤
창가에 앉아서 기대했던 대로 창밖만 보고 있다가
잠시 방을 나서기로 한 것은 와인을 사기 위해서
였다.

ϒ

작은 병에 든 와인을 하나 골라 들고 나자 가까이
에 가 보고 싶었던 서점이 있었다는 사실이 기억
났다. 고작 하룻밤을 묵는 일정이었고, 필시 창밖
을 내다보노라 책이 손에 잡히지 않으리라고 짐작
하면서도 "시도해 본다는 느낌"을 떠올리자 절로
발걸음이 책방으로 향했다.

마스크 너머 전해지는 커피 향기, 천장을 떠받들
듯 뻗어 있는 큼지막한 밤색 책장들, 원고지 모양
의 메모지에 북큐레이터가 꾹꾹 눌러쓴 추천의 글
까지 아기자기하면서도 충실하게 채워진 책방 안
에서도 원래부터 읽을 책 목록에 있었던 소설 『붕
대 감기』는 단박에 눈에 들어왔다. 묘한 일은 책
을 골라 들고 카운터 앞에 섰을 때 일어났다. 초
등학교 저학년쯤 되어 보이는 어린이가 들어오더
니 내가 값을 치를 때까지 차분히 기다린 후에 책
방지기에게 질문을 건넨 것이다. 퍽 진지한 어투
였다.

  "혹시 여기 고슴도치에 관한 책 있어요?"

고슴도치? 두 눈에 떠오른 의아함을 신속히 감추
며 한번 찾아보겠다고 진지하게 응대하는 책방지
기와 어린이의 대처 상황에 절로 웃음이 새어 나
왔지만, 마스크를 쓰고 있는 덕분에 표정을 수월
하게 감출 수 있었다.

책과 와인을 들고 호텔에 돌아와서는 먼저 어린이
의 질문을 메모해 두었다. 창가에 앉아 음악을 틀
고 와인을 따랐다. 한 무리의 참새가 기와지붕 위
에서 길 건너 가로수 위로 이동하는 모습이 작은

회오리 모양처럼 보였다. 그 순간 내가 느낀 바는 오늘 얻을 수 있는 것은 이미 충분히 얻었다는 감각이었다. 습관적으로 책을 펼치면서도 아마 얼마 지나지 않아 내려놓고 다시 창밖으로 시선이 향하리라고 예상했다.

『붕대 감기』에 맨 처음 등장하는 인물은 미용실에 근무했다. 그녀는 한동안 방문이 없던 손님을 떠올리고 발길이 뜸한 이유가 자신의 선물 탓일지도 모른다고 여겼다. 자신의 취향은 종종 동료들에게 비웃음의 대상이 되어 왔고, 입맛이 썼다. 다음 인물은 차분하게 앉아 제대로 된 빵의 맛을 음미하고 싶다는 욕구를 인식하며 등장하자마자 상처가 나고 물집이 터진 발에 샌들을 꿰고 무작정 걷기 시작했다. 아이는 8개월째 원인도 알지 못한 채 의식 불명인 상태였고 그녀는 마음을 터놓을 곳이 딱 한 군데만 있었으면 하고, 우정이라는 적금을 필요할 때 찾아 쓰려면 평소에 조금씩이라도 적립을 해 뒀어야 했다고 되뇌며 걷다 불 꺼진 미용실 건물 외벽의 전신 거울 앞에 멈춰 섰다. 앞서 등장한 인물의 일터인 바로 그곳이었다.

감긴 붕대가 순식간에 풀려 가듯이 이야기가 뻗어 나가는 동안 느슨하고도 밀접하게 연결된 인물

은모든   55

들이 속속 등장했다. 어린이집에 다니는 유아부터 은퇴 이후의 삶을 꾸리는 세대까지를 아우르는 폭과 지금 이곳에서 일어나는 페미니즘 이슈에 대한 각기 절실한 입장 차가 첨예하게 드러나는 너비 속에서 그녀들은 서로 연대하고 반목하고 대립하고 이해해 보려 애쓰고 실망하고 돌아서고 지지하고 결합하고 조소하고 어렵게 손을 내밀기도 했다. 몇 해 동안 보고 듣고 겪은 거의 모든 입장과 관계와 감정이 작은 책 한 권에 또렷하게 담겨 있었다. 지극히 당연하게도 손에서 책을 내려놓을 수가 없었다.

❦

이 소설의 「작가의 말」은 "지난 몇 년간의 설렘과 혼란과 벅참과 아쉬움을 떠올려 본다."라는 문장으로 시작하여 "그들이 건강했으면 좋겠다."로 마무리된다.

❦

더 보탤 말이 없는 마무리라고 생각한다. 그럼에도 딱 한마디를 보태고 싶은 기분이 든다면 어떤 가능성을 떠올리기 때문일 것이다. 언젠가는 『붕대 감기』같은 소설을 또 만날 수 있지 않을까 하고, 우리 모두에게 행운이 따른다면 윤이형 작가님의 새로운 작품을 만나 볼 수도 있지 않을까 하고 조심스레 기대해 보기 때문일 것이다.

가볍게 한 권 더
✧ 아니 에르노의 『사건』 ✧

개인적 취향을 이야기하자면 체험을 바탕으로 고통과 절망을 낱낱이 드러낸 글에 쉬이 몰입하지 못하는 편이다. 그러나 모든 세상일이 그러하듯 취향에도 예외가 있다. "따라가야 할 길도, 따라야 할 표지도 아무것도 없"이 예상치 못한 임신과 법으로 금지되어 있는 중절을 홀로 감당했던 '사건'에 관해 고백하는 이 책이 그러했다. 인류 대부분이 직간접적으로 얽혀 있으며 수없는 여성들의 목숨을 앗아 가고 심신의 건강을 위협하는 사건의 본질이 이 책에 담겨 있다.

은모든

⊜ 장편 소설 『애주가의 결심』으로 작품 활동을 시작했습니다. 낸 책으로 『꿈은, 미니멀리즘』, 『안락』, 『마냥, 슬슬』, 『모두 너와 이야기하고 싶어 해』, 『오프닝 건너뛰기』 등이 있습니다.

천희란의 쏜살

####################

베르나르마리 콜테스의 『목화밭의 고독 속에서』

####################

낭독의 밤

####################

특정한 장소나 사물은 그 어떤 상세한 기록보다
생생한 기억을 불러일으킨다. 우연히 그 장소에
닿거나 사물을 발견하는 순간에 밀려드는 것은 비
단 언어화된 기억뿐만이 아니다. 그것과 함께했
던 때의 대기의 온도나 코끝에 스치던 향기, 피부
에 닿던 감촉 그리고 당시에 느꼈던 온갖 감정들
이 불현듯 덮쳐 와 실제로는 돌아갈 수 없는 시공
으로 나를 데려다 놓는다. 그리고 그때, 과거는 기
억이라는 단어로는 형언 불가능한 현재적 경험으
로 되살아난다.

ꟷ

책이라는 사물 역시 수많은 시간을 품고 있다. 각

각의 책 속에 누군가 써 내려간 무한의 세계가 펼쳐져 있다는 점에서도 그러하지만, 무엇보다 내게는 그 책을 읽고 있던 때의 시간을 되돌려 준다는 점에서 그러하다. 그 기억들은 인상적인 장면이나 훔치고 싶을 만큼 아름다운 문장과 긴밀하게 연관되어 있기도 하고, 책이 담고 있는 이야기가 당시 나의 현실과 맞닿아 있었다는 이유로 잊히지 않기도 하며, 때로는 오직 특정한 상황에서 그 책을 읽고 있었다는 사실이 더욱 중요하게 여겨지기도 한다. 그래서 각각의 책은 내 삶의 한 시절로, 한 순간으로 얼마든지 나를 데려다 놓을 수 있다. 거기에는 삶의 온갖 고비와 절망, 환희와 행복이 다 깃들어 있다. 오래전에 지나간 사랑까지도.

하필이면 왜 그날 밤 그 책을 꺼내 들었는지는 명확히 기억나지 않는다. 다만 우리가 자주 어딘가에 몸을 기대고 앉아 책을 읽었고, 눈에 띄는 구절이 있으면 독서를 멈추고 발견한 문장들을 서로에게 읽어 주곤 했음을 기억한다. 함께 읽고, 읽은 것을 나누는 그 일이 우리 사이에 유대감과 애정을 확인시켜 주는 의미 있는 행위였다는 것도. 그러니 그날도 평소와 다르지 않게 우리는 우리가 함께하고 있다는 사실을 그저 각자 고른 책 속에서 만끽하고 있었을지도 모른다. 그가 내게 이 책을 읽어 주겠느냐고 물어 오기 전까지.

✦

서로에게 책의 몇몇 구절을 읽어 주는 일은 전혀 낯설지 않았다. 그러나 책을 읽어 나가기 시작했을 때, 아주 깊은 밤이 될 때까지 한 편의 작품을 통째로 그에게 읽어 주게 되리라고 예상하지는 못했던 것 같다. 그 순간이 살아가면서 강렬히 기억하게 될 가장 아름다운 사랑의 장면이 되리라고는 더더욱 예감하지 못했다.

✦

나는 어둑한 방의 침대에 걸터앉아 노란 스탠드 불빛에 의지해서 책을 읽어 나갔다. 사랑의 밀어를 속삭이기라도 하듯 나지막한 내 목소리와 그의 얕은 숨소리만이 작은 방 안을 맴돌았고, 그는 그 어느 때보다 오롯이 내 목소리에 귀를 기울였다. 그리고 책을 읽어 내려가는 동안에 이전에는 한 번도 느껴 보지 못한 충만한 감정이 차올랐다.

✦

그날 읽었던 베르나르마리 콜테스의 희곡집 『목화밭의 고독 속에서』에는 표제작인 동명의 작품과 함께 「숲에 이르기 직전의 밤」이라는 일인극 희곡이 함께 실려 있다. 이 작품의 주인공인 '나'는 길에서 우연히 만난 미상의 대상인 '너'에게 끊임없이 말을 건다. 사랑의 속삭임 대신 냉소적이며 불안한 인물의 독백이 장황하게 이어지는 이 작품을 소리 내어 읽으며, 어째서 내가 사랑에 빠져 있음을 그 어느 때보다 선명히 감각했던 것일까. 내가 주인공이 '너'와 함께하기 위해 찾아 헤매던 "유행과, 정치와, 월급과, 먹는 것에 대해 억지로 얘기하지 않아도 되는", "우리만의 시간을 가질 수 있는" 그런 방을 사랑에 빠진 사람이 가진 욕망의 눈으로 왜곡해 이해하기를 주저하지 않았기 때문일까. 아니면 단지 그가 나의 목소리에 완전히 몰입하고, 그런 그를 위해 물 한 모금 마시지 않고 오랫동안 내 목소리를 소모하는 일에 도취되어 있던 탓일까.

‡

이유야 어쨌건 간에, 그때 책을 읽어 내려간 물리적인 시간과는 무관하게 내가 책의 한 페이지, 한 문단, 한 문장이 줄어듦을 안타깝게 여겼던 것만은 분명하다. 책의 마지막 문장까지 모두 읽고 난 뒤에, 밤은 너무 깊고 어두워져 있었지만, 나는 약간의 한기가 도는 그 방의 시간이 어느 시점엔가 멈춰 버린 것만 같은 인상을 받았다. 각성 상태에서 느껴지는 피로, 가벼운 긴장감, 미약한 떨림은 쉽사리 사그라들지 않았다. 그 밤의 다른 대화와 사건 들이 기억에서 모두 지워진 이후에도, 그 감정과 감각은 끝내 사라지지 않았다.

나는 지금도 가끔 그 책을 다시 펼친다. 그 계절이 다시 돌아올 무렵에 그날을 불쑥 떠올리기도 하고, 책장에서 다른 책을 살펴보다 우연히 그 책의 책등을 마주치기도 한다. 흥미로운 것은 내가 그 책을 다시 펼쳐 읽기 시작하면, 오히려 그때의 감정이 어딘가로 휘발되어 사라진다는 점이다. 나는 이야기와 문장에 몰입하고, 그때 읽었던 것과는 전혀 다른 무언가를 읽고 있음을 깨닫는다. 그러나 책을 덮는 순간 기묘하게도, 나는 방금까지 읽던 모든 것을 잊고 다시 그 시절로 빨려 들어가는 느낌을 받는다. 바로 그때, 그 긴 시간 동안 조금도 유실되지 않고 제자리에 남아 있는 사랑의 순간이 어김없이 나를 덮쳐 온다.

가볍게 한 권 더
◇ 샬럿 퍼킨스 길먼의 『엄마 실격』◇

샬럿 퍼킨스 길먼의 소설 속 수많은 여성들은 가부장제의 구속 속에서도 과감하고 교묘하게 스스로의 삶을 지키고 개척해 나간다. 현실을 신랄하게 해부하기 위해 불행하게 파괴되고야 마는 여성들의 서사가 익숙한 우리에게 그녀의 소설이 여전히 깊은 영감을 주는 이유다.

천희란

㊂ 소설가. 소설집 『영의 기원』, 중편 소설 「자동
  피아노」가 있습니다.

>< >< >< >< >< >< >< >< >< >< >< >< >< >< >< >< >

유상훈의 쏜살

>+ >+ >+ >+ >+ >+ >+ >+ >+ >+ >+ >+ >+ >+ >+ >+ >+

스탕달의 『적과 흑』

>+ >+ >+ >+ >+ >+ >+ >+ >+ >+ >+ >+ >+ >+ >+ >+ >+

기적을 말하는 사람이 없다면

>+ >+ >+ >+ >+ >+ >+ >+ >+ >+ >+ >+ >+ >+ >+ >+ >+

최근 며칠 동안, 아니 몇 주 내내 방을 정리하고
있다. 전혀 매력적이지 않은 꽃무늬 벽지를 제외
하고, 그리고 달리 손쓸 수 없는 아파트의 골조를
빼고는 모든 것을 바꾸고 있다. 어림잡아 일주일
이면 다 끝날 줄 알았다. 서른여덟 해나 살아오면
서 무슨 일에든 변수가 생길 수 있음을 지독하게
배웠음에도 정말 태평하게 생각했다. 본의 아니
게 곤도 마리에(오늘날의 정리 철학자)의 강령, 즉
"설레지 않으면 버려라!"라는 대원칙에 따라 산
더미 같은 물건들을 정리하고 분류하는 데에만도
며칠이나 걸렸다.(심지어 아직도 진행 중이다.) 초
등학교 시절에 쓴 일기부터 고등학교 때 받은 롤

링 페이퍼, 대학교 학생 수첩, (놀랍도록 마른 모습의 내가 각인되어 있는) 전역 기념 액자에 이르기까지 두 눈으로 똑똑히 마주하고도 좀처럼 실감 나지 않는 온갖 과거들이 켜켜이 쌓여 있었다. '나는 정말 호더(hoarder)구나.' 옷가지, 잡동사니, (모든 계획을 포기하게 할 만큼 커다란) 가구들을 참을성 있게 다 버리고 나니, 책들이 남았다. 내가 좋아했고, 급기야 편집자의 길로 들어서게 했고, 심지어 직접 만들기도 했던 책들이 방 안 곳곳에서 사나운 들짐승처럼 노려보고 있었다.

⸙

책을 만드는 일은 재미있다. 아마 재미있지 않았다면 쉬이 관두고 말았을 터다. 나의 성격이 그렇게 못되었음을 잘 안다. 스탕달의 『적과 흑』을 읽고서 '문학은 이토록 흥미진진하고 위대하고 멋지구나.'라고 생각했었다. 이런 환상이 없었더라면 '출판의 길'로 발을 들여놓기는커녕 얼씬거리지도 않았으리라. 하지만 이제는 거창한 의미 부여를 피하려고 노력한다. 십여 년 가까이 책을 만져 오면서, 어쨌든 먹고사는 일이 되었다. 그 점, 이를테면 노동이라는 사실이 책의 가치를 훼손하거나 변질시키지는 않는다. 차라리 더 애착이 생겼다. 그 위대한 책들이 삶의 일부가 되었으니까.

⸙

언젠가 박상영 작가는 "(자신에게 주어진 문학이라는) 마이크가 너무 소중하고 감사하다. 이 마이크로 더 많은 이야기를 들려주고 싶다."라고 언급했었다. 문득 '내 손에도 어떤 마이크가 쥐여 있지 않을까?' 하고 생각해 보았다. 출판인(publisher)은 곧 발행자(publisher)이니, 비단 과도한 해석만은 아니리라고 곱씹었다. 운 좋게도 일찍이 '기획'을 해 볼 수 있는 선택권이 주어졌고, 그야말로 치기 어리고 성급한 판단 탓에 실패하기도(완전히 외면당하거나) 살짝 성공해 보기도(독자의 사랑을 받아 보기도) 했다. 어쨌든 굴곡진 산을 오르면서 이제야 입구에 가까스로 도달한 것 같고, 그 모든 경험들이 앞으로 나아갈 길을 다정하게 에워싸고 있음을 느낀다.

⸸

아마도 쏜살 문고는 내게 주어진 '마이크'였던 것 같다. 전생에 무슨 덕을 쌓았는지, 훌륭하고 따뜻한 사람들의 응원과 지지를 받으며 (성패를 불문하고) 도전해 보고 싶었던 바, 가령 편집자로서 신나게 떠들고 싶었던 이야기를 원 없이 털어놓을 수 있었다. 물론 욕심 많은 내게는 더 들려주고 얘기가 많지만 말이다.

⸸

인생은 선택의 연속(혹은 연쇄)이다. 편집자만 그

런 고통에 시달리지는 않는다. 그러나 오만하게도 '책'이라는 재미있는 이야기를 세상에 들려줬을 때 어떤 응답이 들려오기를 간절히 바라곤 한다.(트루먼 커포티가 인용한 테레사 성인의 문장처럼, '응답받지 못한 기도보다 응답받은 기도에 더 많은 눈물을 흘리기' 마련이므로.) 후회나 미련은 일상이고, 늘 두려움과 번민에 사로잡혀 있다. '이런 책은 어떨까? 독자들에게 가닿을 수 있을까? 스스로에게 확신을 주는 작품인가? 해야 하나, 말아야 하나?' 그럼에도 기적(remarkable things)을 말하는 사람이 없다면, 한 사람의 삶을 바꿔 줄지 모를 책 한 권이 빛을 못 볼 수도 있기에, 부지런히 실패를 아껴 가면서 거듭 이야기를 찾아 헤맨다. 일단은 '100권'을 채워 보기로 했었다. 아무도 모르는, 오직 스스로에게 약속한 다짐이지만, 쏜살 문고에 행복해할 누군가가 세상 어딘가에 존재한다면 차근차근, 끈질기게 이 모험을 감행해 보기로 한다.(다시 '방 정리 이야기'를 하자면, 책 한 권마다 이런 사연이 깃들어 있음을 알기에 버리기가 참으로 어렵다.)

⸸

마지막으로 한 문장을 덧붙이겠다. 내가 본 중에 가장 무모하고, 숭고하고, 더없이 아름다운 선언이다. 자신이 무너질 때마다 이 글귀를 되새기곤

한다. "아무것도 없는 것보다 희망이 있는 게 나아. (……) 희망을 갖고 사는 게 다른 어떤 삶보다 낫다고 봐."(에릭 로메르의 『사계절 이야기』 중 「겨울 이야기」에서)

❥ ❥ ❥ ❥ ❥ ❥ ❥ ❥ ❥ ❥ ❥ ❥ ❥ ❥ ❥ ❥ ❥ ❥

가볍게 한 권 더
✧ 아니 에르노의 『사건』 ✧

『적과 흑』은 무려 700쪽인데 쏜살같이 읽었다. 『사건』은 84쪽에 불과하지만 굉장한 밀도를 지닌 이야기이므로 힘겹게 읽을 수밖에 없었다. 분량과 무게는 이처럼 다르다.

❥ ❥ ❥ ❥ ❥ ❥ ❥ ❥ ❥ ❥ ❥ ❥ ❥ ❥ ❥ ❥ ❥ ❥

유상훈
⊜ 「쏜살 문고」를 총괄하고 기획하고 편집하고 있습니다. 아직도 궁금한 게 많은 편집자입니다.

❥ ❥ ❥ ❥ ❥ ❥ ❥ ❥ ❥ ❥ ❥ ❥ ❥ ❥ ❥ ❥ ❥ ❥

조아란의 쏜살

> >

다니자키 준이치로의 『열쇠』

> >

나 봤어

> >

이 원고의 청탁 내용에 "타사/절판 도서 무관"
이라고 쓰여 있었지만 쏜살같은 순식간의 즐거운
(?) 독서 경험을 선사해 준 책을 골라야 한다는 점
에서 결국 쏜살 문고의 『열쇠』를 고를 수밖에 없
었다. 2018년 여름 나에게는 낯설었던 다니자키
준이치로의 선집이 출간되어 본사에 입고되었을
때, 무심코 『열쇠』라는 작품을 집어 들었던 그 순
간을 잊지 못한다. 그리고 사무실에서 단숨에 (일
하는 척 하고) 책을 읽어 버렸는데 그 시작은 이
렇다.

↧

나는 올해부터 그동안 주저하며 쓰지 못했던 내용

까지 일기에 적어 두기로 했다. 지금까지는 성생
활이나 아내와의 관계에 대해서는 너무 자세히 쓰
지 않으려고 했다. 아내가 이 일기장을 몰래 읽고
화를 내지는 않을까 걱정했기 때문이었는데, 올해
부터는 그런 걱정을 하지 않기로 했다.

↕

처음부터 미묘하게, 아니 대놓고 선 넘는 이 부부
의 서로를 향한 은밀한 도발이 일기 형식으로 교
차하면서 서로의 육체와 정신을 절정으로 몰아
가는 것이 책의 전체적인 구조다. 책을 다 읽고서
야 책 표지의 일러스트가 묘사하는 장면의 담대함
(?)에 놀라서 화들짝 책을 주머니에 찔러 넣고 손
끝으로 더듬어 보게 되었는데…… 읽어 보면 안다,
무슨 말인지를.(문학적 의의는 서점의 보도 자료
를 참고해 주시길.)

↕

그 후 가끔 무슨 책을 읽든 의미도 재미도 찾을 수
없다는 독서 '권태기'에 빠진 친구가 이런저런 책
들을 추천받아도 별로 마뜩잖아하는 모습을 마주
할 때면, 주머니 속 은밀하게 넣고 다니던 꼬깃꼬
깃한 비밀 일기장을 꺼내듯 조심스럽게 이 책을
그의 손에 쥐여 주곤 한다. "그럼 이거 읽어 봐."
그리고 며칠 뒤 그 친구들은 어쩐지 또 은밀하게
나에게 책을 잘 읽었다는 조심스러운 카톡을 보낸

다. "나 봤어."라고. 마지막으로 이 책이 나처럼 당신의 취향이 아니길 바란다.

❧ ❧

화살을 쏘기까지
✧ 다자이 오사무의 『인간 실격』 ✧
✧ 김승옥의 『무진기행』 ✧

쏜살 문고 론칭 후 회사 앞 가로수길에서 코트 주머니와 작은 핸드백에 쏙 들어가는 쏜살 문고의 이미지 컷을 신기해하며 찍던 기억이 난다. 이렇게 "작고 가벼운 외피"라는 쏜살의 수식은 정말 물리적으로 작고 가벼워 언제 어디서나 주머니에 쏙 넣어 두고 부담없이 책을 가까이 하라는 의미로 사용되기도 하지만, 마케팅을 하며 느낀 점은 작고 가볍다는 특징은 그만큼 변화에 유연하고 자유롭다는 의미로 해석되기도 한다는 것이었다.

⚡

민음사의 대표 시리즈 「세계문학전집」도 최근 몇 년 동안 새 독자들을 만나기 위해 이런저런 에디션으로 만들어졌는데, 쏜살의 특이점이라 하면 그 자체로 새롭다는 것이다. 시리즈화된다고 하면 으레 느껴지는 보수적이거나 닫힌 느낌을 완전히 지우고, 디자인부터 수록 작품의 장르마저 모두 열려 있는 시리즈, 시리즈라면서 각 권의 넘버도 없고 누가 봐도 '너구나.' 하는 식별 가능한 표지 템

플롯도 없이 각 타이틀의 특징을 극대화하는 디자인. 거기다 에세이, 단편 소설, 장편 소설, 아포리즘에 이르기까지 출간 리스트의 장르마저 넓을 뛰는 시리즈가 바로 쏜살이다. 그리고 쏜살은 바로 그 점 때문에 브랜드 마케터나 편집자 모두에게 새로운 무언가를 실험해 볼 수 있는 좋은 플랫폼이 되었다.

❧

2017년 업계에서 처음으로 '동네서점' 에디션을 기획하면서 이를 '쏜살 문고 X 동네서점' 에디션으로 기획했던 건 지금 다시 돌아봐도 필연이다. 서점도 출판사도 업계에서 처음 시도하는 '동네서점 에디션'이 얼마나 팔릴지 예측하기 어렵던 당시, 말은 안 했지만 기획을 함께했던 우리 모두 이 프로젝트가 그저 '좋은 시도였지만……'으로 끝나지 않길 바랐다. 그래서 어떤 책을 어떻게 선보일까 고민할 때, 역시 민음사의 에디션이라면 하고 가장 먼저 떠오른 건 『세계문학전집』이었다. 그럼에도 당시 나는 단순히 『세계문학전집』이 옷을 갈아입고 서점에 '첫' 동네서점 에디션으로 진열된 풍경을 상상하기 어려웠다.

❧

그때 자연스럽게 떠올린 것이 바로 쏜살 문고였다. 취향이 확고한 작은 서점, 다정하고 작은 공간에서만 선보이게 될 책, 골목골목을 돌아돌아, 부러 찾아온 손님들의 미감을 만족시키면서도 지갑을 가볍게 하지도 또 주머니를 무겁게 만들지도 않을 책은 쏜살밖에 없었다. 론칭 1년 차, 당시 대단한 판매량은 아니었지만 감각적인 디자인과 문고판의 부활을 환영하며 대형 서점에서보다 동네 서점에서 먼저 '쏜살'의 진가를 알아봐 주던 당시 분위기도 한몫했다. 그렇게 가장 민음사다운 것을 담으면서도 전에 없던 새로운 시도라는 두 가지 미션을 완벽하게 수행해 준 '쏜살 문고 X 동네서점' 에디션(첫 타자는 『인간 실격』, 『무진기행』)이 출간되었고, 그 후 여러 출판사들에서 마련한 다양한 동네서점 에디션을 만나 보게 되었다.

또 하나의 민음사의 재미난 실험이라고 하면 2018년 여름 이후, 매년 출간되고 있는 워터프루프북을 빼놓을 수 없다. 물에 젖지 않는 책을 만들어 보겠다는 포부로 오이뮤와 함께 미네랄페이퍼라는 새로운 소재, 「오늘의 젊은 작가」 시리즈의 작품들, 그리고 중철 실제본까지. 이 실험적인 콜라주를 완성해 줄 그릇 역시 결국 쏜살 문고였다. 워터프루프북이라는 화려한(?) 조명 아래 쏜살이라는 이름은 조금 물러나 있긴 하지만 방수책이기 이전에 쏜살 문고다. '여행지에서 가볍게 읽는다는 것'과 '워터프루프'라는 콘셉트를 오롯이 담을 시리즈는 또다시 쏜살뿐인 것이다. 민음사가 뜬금없이 방수 기능을 탑재한 책을 출간할 수 있었던 것, 그리고 선정된 작품들 또한 「오늘의 젊은 작가」 시리즈의 작품들이었다가(2018) '고전 고딕 소설'이었다가(2019) 《릿터》의 '플래시픽션'이었다가(2020) 하는, 다채로운 장르의 스펙트럼을 껴안을 수 있었던 것 또한 '쏜살'이라는 든든한 개연성이 있기 때문이라고 생각한다.

↕

나는 「쏜살 문고」 시리즈의 성공 사례를 발표해 달라는 어떤 자리에서 이런 말을 했다. (무슨 말이라도 해야 했어서) "「세계문학전집」이 민음사가 가꾸고 지켜야 할 유산이라면 「쏜살 문고」는 앞으로의 민음사 50년을 책임질 재미있는 도전들"이라고. 쏜살 문고는 모두에게 활짝 열린 시리즈다. 누군가에겐 큐레이션 시리즈가 되기도 하고, 또 누군가에겐 좋아하는 작가의 선집으로 기억될 터다. 또 책이 놓이기에 낯설어 보이는 어딘가에서 불쑥 마주치게 될 '책'의 새로운 가능성을 보여 주는 '시도'가 될지도 모른다. 그렇기에 쏜살 문고의 다양한 시도와 앞으로의 행보에 (진짜로) 민음사의 미래를 (살짝) 걸어 본다.

㊂ '굿즈' 유학까지 다녀온, 민음사의 핵심 마케터입니다. 민음사의 콘텐츠 기획팀을 이끌고 있으며, 유튜브 '민음사TV'를 운영하고 있습니다.

김미래의 쏜살

> > > > > > > > > > > > > > > > > >

아서 코넌 도일의 『셜록 홈즈』

> > > > > > > > > > > > > > > > > >

에메랄드색 소파의 팔걸이 하나를
베개 삼아 누우면

> > > > > > > > > > > > > > > > > >

아직 나이가 한 자릿수이던 시절, 세 살 터울인 남
동생과 레슬링인지 술래잡기인지 종합격투기인지
모를 활동으로 온 집 안을 지칠 때까지 뛰어다니
는 게 하루 일과였다. 2층에 세들어 살던 엄마 아
빠는 사흘이 멀다 하고 아랫집 노부부께 사과 인
사를 드리러 내려가야 했다. 그러다 첫째가 '학교'
라는 공적인 기관에 가게 된 무렵, 엄마는 아담한
빌라의 1층을 '내집마련'했다. 딸려 있는 작은 텃
밭에는 간단한 채소 정도를 가꾸는 것이 아니라
겨울이면 김장독을 묻을 정도로, 우리 엄마는 대
지와 맞닿은 1층 생활에 200퍼센트의 포부와 적
응력을 보여 주었다.

그의 선택에 어떤 참조가 있었는지 모르겠지만, 내 책상과 침대와 커튼, 몇 개의 방문들, 그리고 작은 턱들은 모두 에메랄드녹색을 띠었다. 좁다란 거실에는 앙증맞은 2인용 소파와 1인용 소파가 약간의 틈을 두고 놓여 있었는데, 역시나 꼭 같은 에메랄드색이었다. 촌스럽다고 느꼈던가? 그러지 않았던 것 같다. 등 뒤에 매다는 커다란 가방과 입구를 오므려 쓰는 작은 가방 두 개를 들고, 입김이 나올 때 집을 나서서 해가 중천에서 조금 기울어진 것을 바라보며 돌아오는 길, 이 단순한 하루의 과업을 가뿐하게 치르며 아지랑이 가득한 시절을 나던 때. 그 몇 해 동안이나, 에메랄드색 소파의 팔걸이 하나를 베개 삼아 누우면 당연하다는 듯 다른 팔걸이에 발끝은 닿지 않았다.

내 방의 창문은 커다랬지만 바로 바깥으로 연결되지 않았고, 가운데 베란다를 두고 있어서, 넓다고 창문을 열어도 온도는 크게 떨어지지 않았다. 무료할 때, 잠이 안 올 때, 책장에 있는 아무 책을 골라 들고 모로 누워서 읽었다. 책이 졸려서(이런 표현이 가능한가?) 금방 잠이 들면 잠이 드는 대로 좋았고, 책이 재미있어서 열대야를 꼴딱 새우면 그 피로는 비밀스러운 대로 좋았다. 『바람을 파는 소년』과 『열일곱 개의 점이 있는 인형』 같은 어린이책은 하도 읽어서 낡았다. 한번 열면 끝까지 읽어야 한다는 의무감은 없었지만, 덮고 나서도 언젠가 다시 들추게 되는 책이 간혹 있어서, 쉽지 않고 좋지도 않은데 끝끝내 완독하게 되어, 또래에게 간추려 소개할 만한 목록도 하나둘 쌓였다. 『갈매기의 꿈』은 한 달 만에, 『제인 에어』는 두 달 만에, 『노인과 바다』는 반년 만에 다 읽었고, 그 책들은 새침해 보일 만큼 오래도록 새것의 컨디션을 유지했다. 당시 초등학교에는 마흔 명의 어린이들이 한두 권씩 집에서 가져온 책들로 구성된 '학급 문고'라는 임시 컬렉션을 사물함 위쪽에 올려두는 풍경이 흔했는데, 그때 아마 『노인과 바다』를 제출하고 나서, (내 기억으로는 세상 가장 지루했던 헤밍웨이라는 사람의 책을) 다시금 읽고, 그 사람의 책을 오히려 손이 닿는 거리에 보기 좋게 올려 두고 하루가 다르게 낡게 만들고 있는 것은 현재 진행형의 일이다.

❧

한쪽 팔걸이에 머리를 누이면 다른쪽 팔걸이에 발목이 올려질 만큼 컸을 때, 앞으로 3년 뒤까지는 넉넉히 입음 직한 치수의 교복을 입었을 때, 드디어 운동화 밑창에 네임펜으로 이름이 적히거나 그 옆면에 애니메이션 캐릭터가 등장하는 일에서 해

방되었을 때, 노오란 표지의 『셜록 홈즈』를 만났다. 이 시리즈가 몇 권씩 몇 달의 터울을 두고 출간되는 걸 동네서점에서 실시간으로 목격했다. 손님, 특히 어린 손님에게라면 책을 팔지 않더라도 많이 읽히고 싶다고 하는, 텔레비전에 이따금 출연하실 정도로 소명 의식 투철한 운영자가 계신 정다운 서점에서부터 딱 내 한 몸 들어가는 에메랄드색 소파에 눕기까지의 지루할 정도로 긴 시간의 고비를 지나면, 부드럽게 휘어지는 하드커버(아직까지도 '반양장'이라는 생김새를 정말 사랑한다!)의 감촉에 설레며 첫 장을 펼치고, 시간은 순식간에 흘러가서 뒤표지를 아련하게 응시하게 된다. "범인이 그저 한 마리의 개라니!!!"로 시작해서, "그렇게 비장하게 죽었던 주인공이 아무렇지도 않게 되살아나다니.", "작가라는 사람이, 이미 죽여 놓은 캐릭터를 실은 죽은 게 아니었다고 번복하고 말다니……" 하기까지 단 한 권의 책도 예외 없이, 한번 열면 멈출 수 없었다. 지구가 둥근지 지구가 도는지는 몰라도 담뱃재 종류는 줄줄 꿰는 비상식의 외곬 주인공, 감정에 치우치지 않는 듯해도 무엇보다 작업(직업)에 몰두해 있는 워커홀릭…… 이제 와서는 너무하다 싶은 스테레오타입의 프로타고니스트에게 마음을 빼앗긴 나머지, 『셜록 홈즈』의 차기 시리즈로, 표지 디자인도 어쩐지 궤를 같이한 듯한 『아르센 뤼팽』 전집이 번역 출간됐을 때, 더 정확히는 거기서 '헐록 숌즈'라는 캐릭터를 발견했을 때, 모리스 르블랑은 물론 황금가지 편집부에 배신감을 느꼈다. 그래서 뤼팽의 독서는 겨우 1권에 그쳤고, 이 책은 앞서 이야기한 서점에 자주 동행했던 친구의 손에 아까움 없이 양도되었는데, 재주 좋게도 뤼팽은 그녀의 절대적인 히어로로 자리 잡고는, 한 질을 갖춘 보라색 도서들 속에 숨어 오랫동안 그 애 책장의 정가운데를 장식했다.

▪▪▪▪▪▪▪▪▪▪▪▪▪▪▪▪▪▪▪▪▪▪▪▪

화살을 쏘기까지
✧ 아니 에르노의 『사건』 ✧
✧ 오스카 와일드의 『오스카리아나』 ✧

'쏜살'은 어디로 날아갈까. 편집자 교정 업무의 9할이 띄어쓰기 확인이라고 체감하는데, 어느샌가 한 글자 둘이 꼭 붙은 두 글자짜리 단어를 무척 좋아하게 되었다. 숲속, 한밤, 온몸, 맨발…… 같은 것들 말이다. 혼자서도 꽤 잘 지내고(독립적인 의미를 잃지 않고), 다른 이들과도 잘 어울리지만(다른 많은 합성어의 멤버이기도 하지만), 문장 안에 이런 두 글자짜리 단어들이 알맞게 들어 있으면, 그걸 바라보고 있자면 '지금 내 짝꿍은 이 애'라는 듯한 다감함이 볼펜 쥔 손을 찔러 온다.

김미래　　　　　83

어마어마한 문학의 아카이브, 또 어마어마한 문학 관계자들(소설가, 시인, 번역가, 편집자……)의 풀을 보유한 민음사의 문고 시리즈를 기획할 때, 쏜살같이 읽히는 문고판의 시리즈 이름으로 '쏜살'만 한 것이 없다고 생각했다. 두 글자짜리 단어 '쏜살'은, 그런데 좀 애석한 데가 있다. 가공할 속도만을 이야기할 뿐, 그런 속도를 가진 물체와 개념을 수사하는 도구로 쓰일 뿐, 그 자체가 살아 있는 주인이 되는 일은 많지 않으니, 쓰는 사람 입장에서는 '만년 조연'으로 취급하는 죄의식이 든달까. 가만 생각해 보면, 쏜 화살, (누군가) 쏜 화살, (누군가) (다른 누군가를 향해) 쏜 화살, 어떤 독자를 만날지는 모르지만, 꼭 만나고 싶다는 바람으로 겸손하게 편집자가 쏜 화살, 앞서서는 활시위를 당긴 번역가와 저자라는 존재가 있다.

아래에는 쇠로 만든 촉이 꽂히고 위쪽에는 세 줄로 새의 깃이 붙은 가느다란 나무 막대가 '쏘아진 살'이 되기까지, 참 많은 관여자들이 함께하는 셈이다. '쏜살'이라는 낱말에 대한 애정은, 시리즈 론칭 뒤 5년을 맞이한 지금까지 부지런히 깊어져서, 어느덧 우리가 만드는 모든 책이 '쏜살'이라는 데까지 이르렀고, 애초 가벼운 몸피를 자랑하

년 21세기 문고판은, 어떤 때는 아주 무겁고 두터워지는 일도 있다. 만약 (누군가) 쏜 화살에 맞고 싶다면, 당신은 가장 날렵한 것부터(아니 에르노의 『사건』 84쪽) 가장 묵직한 것까지(오스카 와일드의 『오스카리아나』 576쪽) 꽤 다양한 선택지의 화살촉을 고르실 수 있다.

⤜⤜⤜⤜⤜⤜⤜⤜⤜⤜⤜⤜⤜⤜⤜⤜⤜⤜⤜

김미래

⊜ 2010년부터 몇 개 출판사를 거치며, 발굴의 즐거움을 알았습니다. 2013년 민음사의 세계문학전집 팀에 합류했고, 좋은 문학은 깊이 여러 번 읽을수록 좋다는 것을 뼈로 느꼈어요.(버지니아 울프의 『등대로』가 시작점이었으니, 그럴 만도 했습니다.) 지콜론북(2012), 쪽프레스(2015), 쏜살(2016)을 기획하여 선보였습니다. 이후 스타트업에서 창작자를 위한 도구를 만드는 데 함께했고, 지금은 기획 / 인터뷰 / 브랜딩 등 경계 없이 일하지만, 오탈자를 잡아내는 명상과도 같은 교정 작업으로 여전히 하루를 시작하고 끝맺습니다.

⤜⤜⤜⤜⤜⤜⤜⤜⤜⤜⤜⤜⤜⤜⤜⤜⤜⤜⤜

최정은의 쏜살

＞・＞・＞・＞・＞・＞・＞・＞・＞・＞・＞・＞・＞・＞・＞・＞

오르한 파묵의 『내 이름은 빨강』

＞・＞・＞・＞・＞・＞・＞・＞・＞・＞・＞・＞・＞・＞・＞・＞

터키와 빨강을 둘러싼 수상한 인연

＞・＞・＞・＞・＞・＞・＞・＞・＞・＞・＞・＞・＞・＞・＞・＞

여행을 다녀 보면 항상 신시가지보다는 구시가지가 좋았다. 현재가 화려한 도시보다 "한때 ~했었다." 같은 약간의 쓸쓸함을 간직한 도시를 더 좋아했다. 2005년 겨울, 느닷없이 터키로 여행을 떠났는데 그 비수기 여행을 마치고 바로 이듬해에 『내 이름은 빨강』을 만났다. 이 책을 만나기에 더없이 적당한 타이밍이었다. 『내 이름은 빨강』은 구시가지를 좋아하는 내가 좋아할 만한 매혹적인 이야기들로 가득 차 있다. 많은 하산(터키에서 흔히 찾아볼 수 있는 이름.)들을 만나고 이스탄불 거리를 빈둥거리며 보고 들은 것들이 책과 생생하게 상호 작용하는 듯해서 책의 오른쪽 페이지가 줄어

가는 것이 진심으로 안타까웠다. 『내 이름은 빨강』은 생물, 무생물의 구분조차 없이 여러 화자들이 등장해서 거대한 서사를 끌고 가는, 구조적으로 독특한 이야기다. 무심히 보고 지나쳤던 세밀화의 디테일들을 이야기로 다시 불러내는 일은 여행의 기억을 풍성하게 하는 되새김이 되었다. 빨강도 할 말이 있고 한 그루의 나무도 자기 몫의 이야기를 늘어놓는 이 이야기. 제목조차 "내 이름은 빨강"이라니…… 명료하고 감각적이다.

⸸

시간은 많고 돈은 없던 시절이라 여행지를 결정하는 데 꽤나 신중해야 했을 텐데 그때 고른 곳이 어쩌다 하필 터키였을까. 가끔 생각해 보게 된다. "최초로 기독교 세계를 범한 오스만 투르크……" 세계사 시간에 주워들었던 한 문장(이 내용이 정확하기는 한 걸까.)에서 어떤 근성 같은 것이 느껴졌달까. 그렇게 '오스만 투르크'라는 낯선 발음을 기억해 두었다가 한량같이 지내던 어느 날 뜬금없이 떠올렸겠지 싶다. 『내 이름은 빨강』의 전반에도 그때 내가 가졌던 것과 비슷한 정서가 흐른다. 세계의 중심이었던 유럽을 옆에 둔 경계에서 만들어진 고유의 서사 같은 것들…… 책은 터키의 전통 세밀화라는 세계를 통해 유럽과 비교되는 그들만의 세계관과 문화 예술을 무척 자세하게 소개한다. 만년에 고요한 눈멀음의 순간을 기다리는 세밀화가들의 신비로운 세계는 아직도 진한 인상으로 남아 있다. 그런 그들이 유럽의 화법을 접하며 겪는 혼란과 자신들의 문화가 쇠락해 가는 광경을 지켜보면서 함께 스러져 가는 모습은 쓸쓸하지만 아름다웠다. 역시 그때 내게는 약간의 쓸쓸함이 필요했던가 보다.

ᶠ

그 책을 읽을 당시만 해도, 펴낸 곳을 분명하게 인지하지 못했는데, 그 후 나는 민음사에 입사해 파묵의 책들이 만들어지는 모습을 가까이서 볼 수 있었다. 또 입사 후로 또 몇 년이 지나 나의 추천으로 그 책을 읽었던 사람(그와는 터키 여러 도시에서 자주 마주치기도 했다.)과 한집에서 살게 되었다. 몇 개의 우연이 겹친 개인사 덕분에 터키와 빨강을 둘러싼 수상한 인연을 절감한다. 해 질 무렵 회사 앞 한강 공원에 나가 이태원 이슬람 사원 첨탑이 솟은 건너편 언덕을 바라보고 있자면 이스탄불의 보스포루스의 풍경이 살짝 겹친다……믿거나 말거나 하는 이야기를 끝으로 글을 마친다.

화살을 쏘기까지
◈ 다자이 오사무의 『인간 실격』 ◈

최정은   89

✧ 김승옥의『무진기행』✧

쏜살이라고 농담처럼 시리즈 이름을 정하던 회의가 생생한데, 벌써 5년이라니. 앞으로 5년도 이렇게 가 버리겠지 싶어서 갑자기 또 쓸쓸해진다. 민음사에서 나름 오래 일을 해 와서였을까…… 근엄하게만 느껴졌던 민음사 로고 '활 쏘는 사람'(이 이름도 시리즈 논의를 위해 편의상 붙인 것.)에서 '쏜살'이라는 가볍고도 귀여운 말이 태어나는 것에 처음엔 어색함을 느꼈던 것 같다. 편집자의 농담인 줄로만 알았다. 주변을 둘러보면 시리즈의 이름들이 그간 퍽 진지하고 무거웠던 탓이다. "……쏘 ……쏜살? 시리즈 이름에 쌍시옷이 막 들어가고…… 괜찮을까요?" 쏜살이 잘 자리 잡은 지금은 그때 했던 헛소리가 생각나서 몹시 부끄러운 기분이 들지만, 그만큼 시작하는 쏜살은 나에겐 작은 파격들이 쌓인 결과물이었다. "우리의 활시위를 떠난 화살들이 아름다운 글줄로 독자의 가슴에 가닿기를 희망합니다." 편집자가 쓴 시리즈 소개글을 읽고 나서야 감탄하며 안심이 되었다고 여기에 털어놓는다.

❢

책을 만들기 위해 원고를 읽게 되는데, 이 과정에서 내가 느끼는 특이점은 표지 작업을 위한 원고 읽기와 순수한 독서 사이에 큰 차이가 있다는 사실이다. 원고를 읽다가 그만 몰입한 나머지 온전히 독자로서 읽어 버리면 작업을 앞두고는 오히려 머릿속이 하얘진다. 한편 그 반대인 경우는 작업을 정석대로 하지만 책이 흥미롭게 기억되질 않는다. 이런 차이는 어디에서 올까…… 일을 하면서 항상 안타까운 부분이다. 쏜살 문고X동네서점 에디션 첫 라인업으로 『인간 실격』과 『무진기행』 두 타이틀이 정해지고 작업을 위해 애정하는 두 작품을 다시 읽게 되었다. 20대 시절 꽤나 어둡게 읽었던 『인간 실격』에서 묘한 여백과 유머를 느끼며 깔깔깔 소리 내어 웃으며 읽었다. 『무진기행』의 서늘한 기운은 여전히 좋았다. 그래서! 이 좋은 감정을 어떻게 표현하나, 역시 머리가 하얘졌다. 작업이 가장 어려운 타이틀은 사적으로 애정하는 타이틀임을 느끼며 언제 어떻게 다시 하더라도 또 다시 아쉬워할 작업을 끝낸 일이 기억에 남는다.

¡

책은 워낙 휴먼 스케일(평균적인 독서 자세나 동작에 편하게끔 만들어진다.)의 물건이다 보니 판형은 고작해야 가로세로 5센티미터 정도 안팎의 차이로 결정되지만, 그 몇 센티미터가 만들어 내는 차이는 생각보다 어마어마하다. 독자에게 있어서는 책의 첫인상이 달라지는 주요 원인이고, 작업자 입장에서는 책의 전체적인 톤을 결정하는 데

심리적으로 가장 고심하는 부분이다. 가로 128센티미터에 세로 188센티미터, 이 손바닥만 한 판형은 어지간해서는 심각해지기 어렵다. 그래서인지 디자이너들에게 쏜살 디자인 작업은 대체로 기분 좋고 가벼우며 자유롭다. 디자이너가 염두에 두어야 할 제약이 적다는 것은 한층 즐겁게 작업할 수 있다는 뜻이다. 초기에 포맷을 정리하면서 앞표지 하단에 민음사라는 석 자도 없앴다. 덕분에 주목도가 없던 표지 하단 공간을 훨씬 다양하게 활용할 수 있게 되었다. 판형 자체가 작으니 제목을 크게 외치거나 강조하지 않는 표지도 많다. 이 작은 책의 표지는 앞으로도 정보의 위계나 책표지의 형식을 따지지 않고 그저 한 페이지로서 매력적이라면 좋겠다. 여러 디자이너들의 손을 거쳐 만들어진 쏜살의 작은 파격들이 독자들에게도 유니크하게 다가가길, 그리고 아주 가끔은 표지에서 작업자의 즐거움도 발견할 수 있기를 바라본다.

᠉ ᠉ ᠉ ᠉ ᠉ ᠉ ᠉ ᠉ ᠉ ᠉ ᠉ ᠉ ᠉ ᠉ ᠉ ᠉ ᠉ ᠉ ᠉ ᠉

최정은

⊖ 민음사에서 책을 디자인하고 있습니다. 요즘의 관심사는 책이 놓여 있는 공간과 풍경. 그리고 쓸데없이 조경.

᠉ ᠉ ᠉ ᠉ ᠉ ᠉ ᠉ ᠉ ᠉ ᠉ ᠉ ᠉ ᠉ ᠉ ᠉ ᠉ ᠉ ᠉ ᠉ ᠉

Review

쏜살을 같이 읽는 기쁨

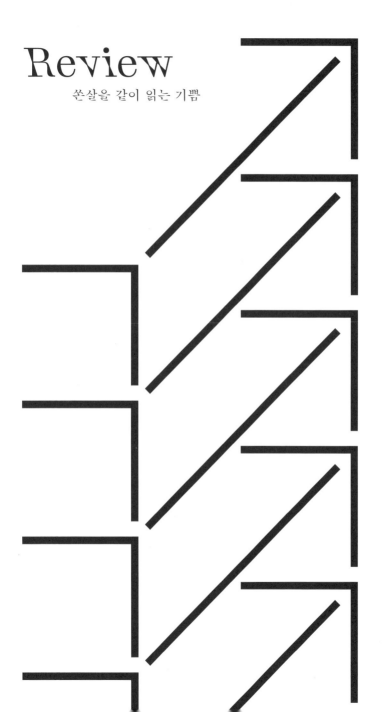

젊은 날에게 작별

『깨끗하고 밝은 곳』과
『호주머니 속의 축제』를 읽고

김도훈
⊜ 작가, 『우리 이제 낭만을
이야기합시다』의 저자

글을 쓸 수 없게 됐다. 아무리 맥북 앞에 앉아 머리를 싸매도 글이 써지질 않았다. 글의 신이 "너는 일생 동안 쓸 수 있는 글력(力)을 모두 사용했으니 이제부터는 글을 쓸 수 없을 것이다."라고 어느 날 갑자기 결정해 버린 것 같았다. 원고 문의는 계속 왔다. 어떻게든 글을 써야 했다. 대뇌피질과 소뇌피질을 모조리 쥐어짜서 글을 썼다. 전송했다. 몇 번의 글을 어떻게든 써서 보냈다. 잘 아는 잡지 편집자의 메일이 왔다. "선배, 죄송하지만 이번 글은 너무 선배 같지가 않아요." 토르가 묠니르로 뒤통수를 때렸다. 제삼자가 단호하게 말한 것이다. 너는 글을 쓸 수 없다. 더는 예전 같은 글을 쓸 수 없다. 우울증이었다. 의사는 간단하게 진단을 내렸다. "꽤 심한 우울증입니다. 약을 드셔야 합니다." 받은 약은 어디선가 들어 본 꽤 유명한 약들이었다. 그걸 매일매일 삼켰다. 우울증이 사라지면 글은 다시 돌아올 것이다. 분명히 돌아올 것이다. 다짐이라도 하듯이 약을 삼켰다.

❣

우울증은 담방 사라지지 않았다. 내 머릿속은 금요일 저녁 6시의 강변북로였다. 꽉 막혔다. 좀처럼 터지지 않았다. 조금 두뇌가 개운해지는 느낌이 올 때도 있었다. 잠시였다. 다시 머리는 막혔다. 화장실 변기용 뚫어뻥으로 뚫어 버릴 수 있다면 좋으련만. 인간의 두뇌는 화장실 변기보다는 조금 더 복잡한 기계다. 어느 날 밤 나는 숨을 쉴 수가 없었다. 나는 그 상황에서도 머리를 굴리려고 노력했다. 그렇지. 이게 바로 공황장애라는 것이지. 책에서 읽었던 증상과 똑같잖아? 이럴 때는 종이봉투를 입에 대고 숨쉬기를 해 보라고 했어. 봉투를 찾아 입에 댔다. 여전히 숨은 쉬어지지 않았다. 친구를 불렀다. 친구는 119를 불렀다. 119는 매우 편리한 서비스다. 핸드폰으로 내 위치를 추적해서 집 앞까지 5분 만에 달려온다. 응급 요원들이 응급차 뒤쪽 간이침대에 나를 눕히고 쇠로 만든 기구들을 내 심장 근처에 붙였다. 차가웠다.

갑자기 정신이 들었다. 숨이 다시 쉬어지기 시작했다. 응급차는 종합 병원으로 나를 싣고 갔다. 응급실 간호사들이 내 피를 잔뜩 뽑아 간 뒤 뭔가 검사를 하기 시작했다. 그날 밤, 나는 입원당했다.

몇 주가 흘렀다. 나는 갑자기 생각했다. 활자를 눈에 넣어야겠다. 종잇장을 넘겨야겠다. 책을 읽어야겠다. 병원 책장에서 나는 헤밍웨이의 『노인과 바다』를 꺼냈다. 정신과 병동의 책장이란 그렇다. 『곰돌이 푸, 행복한 일은 매일 있어』가 여러 권이다. 너덜너덜한 『삼국지』가 있다. 그리고 아무도 읽지 않았지만 읽은 척하는 고전들이 있다. 『노인과 바다』도 그중 하나였다. 가만 생각해 보니 나는 『노인과 바다』를 청소년용 중역판으로만 읽었다. 따로 볼 책이 없었으므로 나는 침대에 걸터앉아 이 책을 읽기 시작했다. 역시 헤밍웨이였다. 그는 정말 쉬운 문장으로 글을 쓰는 남자다. 간결하다. 묵묵하다. 선명하다. 만약 이곳이 정신과 병동이 아니었다면 나는 좀 더 잘난 체하는 작가의 책을 골랐을 것이다. 이를테면 마르셀 프루스트나 토머스 핀천 같은. 나는 정신과 병동에 입원한 급성 우울증 환자였다. 어려운 책을 읽어 낼 수 없는 상태였다. 간결해야 했다. 묵묵해야 했다. 선명해야 했다. 책장을 넘겼다. 넘기고 또 넘겼다. 나는

김도훈   97

이 책의 시작과 결말을 너무나도 잘 알고 있었다. 그러나 『노인과 바다』는 마치 처음 읽어 내는 책처럼 흥미진진했다. 노인은 말했다. "하지만 인간은 패배하도록 창조된 게 아니야. 인간은 파멸당할 수 있을지 몰라도 패배할 수는 없어." 나는 울었다.

⸙

병원을 나오자 나는 미친 듯이 책을 읽어 대기 시작했다. 토머스 핀천의 『중력의 무지개』를 머리가 빠개지는 듯한 통증과 함께 끝낸 어느 날, 나는 생각했다. 아니야. 다시 돌아가자. 좀 더 간결한 문장을 읽자. 좀 더 명확한 문장을 읽자. 그건 결국 다시 헤밍웨이여야만 했다. 『깨끗하고 밝은 곳』은 헤밍웨이의 단편을 모은 선집이다. 여기에는 제임스 조이스가 걸작이라고 찬탄한 『깨끗하고 밝은 곳』이 있다. 무엇보다도 여기에는 『노인과 바다』처럼 결국에는 죽어 가는, 그럼에도 불구하고 결코 패배를 선언하지 않는 인간 존재의 위엄을 그린 『킬리만자로의 눈』이 있다. 헤밍웨이는 언제나 같은 이야기를 반복한다. 같은 남자를 이야기한다. 같은 존재를 찬양한다. 그건 너무나도 고전적인 동시에 아연실색할 만큼 모던한 것이어서 결국에는 다시 읽는 자들을 "웨이 형"이라 외치며 그 이름 앞에 무릎 꿇게 한다.

나는 지금 이 글을 『호주머니 속의 축제』를 다 끝내지 않고 쓰고 있다. 다 끝낼 수가 없었기 때문이다. 헤밍웨이는 젊은 날 부인과 함께 파리에 갔다. 그는 촉망받는 작가였으나 유명한 작가는 아니었다. 돈은 부족했다. 꿈은 충분했다. 재능은 피었다. 이 책은 젊은 그가 찬탄을 불러일으키는 도시 파리를 과식하고 과음하고 과신하고 과용하며 써낸 기록이다. 그런데 여기서 당신은 질문을 던지고 싶을 것이다. 왜 헤밍웨이는 하필 죽기 직전에 이 청춘의 기록을 써야 할 의무감을 느꼈던 걸까. 노벨상을 받고 명성을 얻고 셀러브리티로서의 삶을 과도하게 즐긴 그는 왜 늙고 지치고 재능이 건기의 오카방고처럼 바싹 메마르기 시작한 늘그막에 이 책을 썼던 걸까. 헤밍웨이는 자살했다. 사람들은 그가 글쓰기에 대한 집착과 정신 질환으로 자살했다고 말한다. 그는 엽총을 입에 물고 방아쇠를 당겼다. 방아쇠를 당기기 며칠 전에도 헤밍웨이는 자살을 시도했다. 그리고 실패했다. 그는 이렇게 말했다고 전해진다. "이젠 써지지 않는다. 써지지 않는다." 나는 그를 느낀다. 그의 절규를 이해한다. 그의 절망을 겪었다. 그가 마주했던 죽음의 코앞까지 갔던 적이 있다. 그래서 나는 『호주머니 속의 축제』를 지금 끝내지 않을 생각이다.

김도훈

이 거대한 팬데믹의 시대가 어떻게든 기어이 종말을 맞이한다면 나는 파리로 갈 것이다. 그리고 이 책의 마지막 챕터를 읽어 낼 것이다. 그리고 책을 닫을 것이다. 헤밍웨이의 젊은 날에 마침내 작별을 고할 것이다.

>⋅→ >⋅→ >⋅→ >⋅→ >⋅→ >⋅→ >⋅→ >⋅→ >⋅→ >⋅→ >⋅→ >⋅→ >⋅→ >⋅→ >⋅→ >⋅→ >⋅→

이제 사소한 것에 대해 말하겠다

『마그리트 뒤라스의 글』을 읽고

백은선

⊜ 시인, 『가능세계』, 『도움받는 기분』의 저자

글을 쓸 때는 늘 혼자여야 한다는 것, 마그리트 뒤라스가 아니더라도 글을 쓰는 사람이라면 누구나 공감할 이야기이다. 때로는 창밖의 초록도 비바람도 눈치채지 못하고 흩날리는 꽃나무 아래 서 보지도 못하고 계절이 지나가 버린다. 쓰는 자에게 시간은 오로지 자신의 글 안에서만 움직이고 그 바깥은 진공이나 다름없기 때문이다.

⥮

이 책에는 마그리트 뒤라스의 짧은 산문 다섯 편이 실려 있다. 가끔 나는 놀라곤 하는데, 작가가 필요 이상으로 깊고 오래도록 생각한다는 것을 깨닫기 때문이다. 어린아이가 흙 앞에서 오래도록 쪼그리고 앉아 무엇인지 모를 자신만의 연구에 빠져드는 것처럼 마그리트 뒤라스는 다른 사람이라면 쉽게 지나치고 말았을 무엇을 계속해서 응시하는 검은 눈 같다. 그것을 단순히 꿰뚫는다고 말해버린다면 그건 얼마나 손쉬운 표현인가.

❦

나는 그녀가 말하는 '쓰기'에 공감했다. 쓰는 일은 늘 무지 속에서 사고(事故)와 같이 일어나며 쓰기에 돌입하기 이전에는 무엇이 쓰일지 전부 예감할 수 없다는 것. 그것은 언제나 사후적으로 이야기되는 것이라는 점. 그러나 우리는 늘 그것의 너머를 보려고 애쓴다. 그것에 글쓰기의 미지가 존재한다는 것.

❦

쓴다는 것은, 정말 쓰게 된다면 무엇을 쓰게 될지 쓰고 난 이후에만 알 수 있는 것을 알아보는 일이다. 쓰기 전에는 가장 위험한 질문이다. 하지만 가장 흔히 던지는 질문이기도 하다.

❦

한 사람을 계속해서 쓰게 하는 동력이란 무엇이며, 작가가 쓰기에 대해 말하고 싶어 하는 욕망은 왜 끝이 없을까. 나 또한 자주 글쓰기에 관한 글을 썼지만 무엇을 써도 시원하지 않다는 생각이 든다. 그래서 다시 또 쓰고 또 쓰는 것 같다는 생각도 든다. 이만큼이나 자신의 작업을 많이 돌아보고 성찰하는 직업이 또 있을까. 나는 세상 모든 것을 동시에 보고 호명하고 소리치고 싶다. 그러나 그것은 불가능한 일. 나는 내 욕망으로부터 수없이 미끄러짐을 반복하면서도 침묵 속에서 "목소리 없이 외치기"를 계속하게 되는 것이다.

「젊은 영국인 조종사의 죽음」을 읽을 때는 그녀의 마음을 이해할 수 없었다. 그녀는 낯모르는 젊은 영국인 조종사를 자신의 중요한 사람과 한자리에 두고 마음에 그린다. 나는 그런 감정적 동일시를 쉽게 받아들일 수 없었다. 그건 내가 그녀처럼 고국과 먼 곳에서 자라지도, 전쟁을 겪지도 않았으며 가까운 사람을 잃어 본 적이 없기 때문일지도 모른다. 단지 "오래전부터 널 사랑했어, 널 절대 잊지 않을게."라는 노래 가사가 반복적으로 등장하고, 슬픔의 현을 뮁기며 함께 슬퍼했다. 신기한 것은 우리는 "나는 운다."라는 짧은 문장에도 동요할 수 있다는 점이다. 나는 운다. 나는 운다. 몇 번이나 입속에서 굴려 보고 싶은 말이다. 왜 그게 그토록 나를 아프게 할까. 매일 찾아가서 울던 사람이 더는 찾아가지 않고 울지 않게 되는 일에는 어떤 연유가 있을까. 모든 울음에도 결국 끝이 있다는 사실이 슬프다.

그는 이런 말도 했었다. 그의 앞에서 그녀가 잠들기도 했다고. 두려웠다고. 그래서, 자신의 몸 위로 그리고 두 눈 위에 퍼져 나간 그 무한한 두려움 때문에 그녀에게서 멀어졌다고.

「로마」의 마지막 단락이다. 나는 이 부분이 제일 좋았다. 이 두려움과 사랑을 알 것 같았다. 잠든 연인의 모습을 보는 것은 두려움이자 찢겨 나가는 외로움, 배척당하는 것과 포옹하는 것이 함께 있는, 말로 다 할 수 없는 총체적 감정의 혼돈일 것이다. 그것을 일일이 설명하지 않고 이와 같은 짧은 한 단락으로 표현할 수 있었다는 것, 나는 이 부분을 반복해서 읽으며 떨림을 느꼈다. 격정과 침묵이 뒤섞이는 계단처럼 심장 속에서 덜그럭거리는 소리를 들었다. 그렇다. 때로는 그런 이유로 멀어질 수도 있다. 무한한 두려움으로. 몇 번 마그리트 뒤라스가 제작한 영화를 본 일이 있다. 그건 내가 보고 싶은 영화이기보다는 만들고 싶은 영화에 가까웠다.

암전

나레이션

불시착하는 이미지들

다시 암전

마그리트 뒤라스는 여러 방면에 깊은 관심이 있었다. 작가이기도 했고, 영화 제작자이기도 했으며 공산주의자이기도 했다. 「순수한 수」에서 르노 자동자 공장 폐쇄에 대해 노동자들의 이름을 새긴 벽을 세우자고 주장하기도 했다. 이름들로 가득한 벽을 생각하면 나는 그 시절 프랑스에서 있었던 일보다 근래 우리 사회에 있었던 일들을 떠올릴 수밖에 없다. 하나의 이름과 하나의 이름 또 하나의 이름…… 이름과 이름들이 만나서 거대한 벽이 된다는 것, 그러한 순수에 대해 말하는 것이 너무 시 같다. 우리나라에도 그런 순수의 벽이 생겨날 수 있는 토양이 마련되기를, 그런 생각을 했다. 어떤 아픔은 오래 기억해야만 한다. 그것이 남겨진 사람들에게 주어진 숙제다.

작년에는 그런 일이 있었다. 두 여성 작가 전시의 도록에 글을 썼다. 그들의 회화와 사진을 내 방식대로 해석해서 소개하는 것. 나는 아주 긴 시처럼 소개 글을 썼다. 처음 작가들을 만났고, 차례로 작업실에 방문하여 아직 전시되지 않았고 표구되지 않은 작품들을 먼저 보았다. 흰 벽에 비스듬히 이 작품을 세워 두었다가 저 작품을 세워 두었다가 돌아가며 여러 작품들을 보았는데, 어떤 것은 연작이었고 어떤 것은 거대한 캔버스에 유화로 여성들의 역동적인 몸짓을 그린 작품이었다. 나는 그때 그 작업실에 가 보았던 기억을 소중한 경험으로 여긴다. 물감 냄새가 가득한 한 벽을 제외하고는 빼곡이 캔버스와 집기 들로 가득 차 있던 곳. 마그리트 뒤라스도 로베르토 플라테의 작업실에 방문했을 때 아직 걸리지 않았지만 이런저런 식으로 배치하고 걸고 할 것들의 설명을 듣고, 머릿속으로 가상의 전시실을 꾸미며 나와 비슷한 생각을 했던 것 같다. 그림들 사이의 미묘한 관계와 부딪힘 혹은 시너지 같은 것 그리고 그 그림 뒤에 도사리는 본질에 가닿으려는 무엇을. 그림을 글로 풀어 쓴다는 건 불가능한 일이다. 단지 그림의 한 부분에 대해, 그 그림과 함께 있는 한 사람에 대해 이야기할 수 있을 뿐이다.

❦

마그리트 뒤라스는 쓰기로 가득한 자신의 삶을 마치 소명처럼 받아들였던 것 같다. 그런데 나는 그것이 잘되지 않는다. 작정하고 고독해져야만 하는 시간이 때로 무시무시하게 느껴지곤 한다. 그럼에

도 계속해서 써 나갈 수 있는 상태를 유지하는 일
이란 얼마나 지난했을까. 비법을 물어보고 싶다.
저에게도 그 마음을 나누어 주세요. 어쩌면 다른
사람들에게 그렇게 하고자 이 글을 남겼을지도 모
른다. 괜찮다. 이게 다라도, 사소한 것이라도 얼마
든지. 나는 이 책을 그렇게 받아들이려고 한다.

ﻣﻣﻣﻣﻣﻣﻣﻣﻣﻣﻣﻣﻣﻣﻣﻣ

한 번, 어떤 순간의 이야기

『물질적 삶』을 읽고

김남숙

≡ 소설가, 『아이젠』의 저자

어제는 오랜만에 구토를 했다. 변기를 부여잡은 일은 근 한 달 만이었다. 어제는 오후 4시부터 술을 마셨다. 맥주와 소주와 위스키를 순서대로 천천히 마셨다. 생새우와 어묵탕과 아몬드 타르트와 얼음이 있었지만, 그것들에는 거의 손을 대지 않았다. 서촌에서였고 아직 해가 떨어지기도 전에 의식이 점차 흐릿해짐을 느꼈다. 몸에서 무언가 꽉 묶여 있던 것이 서서히 풀리는 느낌이었다. 돌아오는 길에 역을 찾는답시고 휴대폰을 보고 걷다가 한 번 엎어지기는 했지만, 집으로 돌아와서도 좀 더 마셨다. 앞에 앉은 누군가가 무어라 이야기를 계속했지만 듣지 않았다. 나를 제외한 둘인가,

셋 정도가 나무 탁자를 두고 자기들끼리 이야기를 나누었다. 나는 난방을 틀지 않은 얼음장처럼 차가운 거실 가운데에서 외투를 뒤집어 쓰고 그저 누워 있었다. 푹신한 베개나 담요도 두르지 않은 채로, 맨 바닥에 누워서 심장이 두근거리는 소리를 들었다. 심장 소리가 귓가에 울릴 때마다 속에서 무언가가 망가졌다는 느낌이 명료해졌다. 그래서 그 느낌이 들지 않을 때까지 조금 더, 조금 더 홀짝였다. 심장이 쿵쾅쿵쾅 뛰자, 나는 벌떡 일어나서 상부장에서 와인 한 병을 더 꺼냈다. 이 술판을 완전히 끝내기 위해서였다. 마지막 와인 한 병이면 어쩐지 여기 있는 모든 것을 조용하게 만들 수 있을 듯했다. 나중엔 정말로 치료가 필요할지도 몰라. 누군가 상부장에서 호기롭게 와인병을 꺼내 손에 쥔 나를 보고 말했다. 나는 순간 얼어붙었고 그 후로는 불같이 화를 내고 싶었지만, 심장이 조여드는 느낌을 빼면 나한테는 고칠 게 아무것도 없다고, 역시나 술에 잔뜩 취한 사람처럼 응수했다. 몇몇은 부정하겠지만, 나는 알코올중독자가 아니니까.

❦

그러니까 나는 가끔씩 심장이 조여드는 느낌을 빼면 치료할 것이 없었다. 나는 어떤 고통을 온전히 심장으로서만 세세하게 느낀다. 삼촌이, 할머니

가, 애인이 내 곁을 떠났을 때 나는 제일 먼저 심
장에서 따가운 고통을 느끼기 시작했다. 심장은
나에게 그런 장기다. 모든 것을 온전히 다 받아 내
야만 하는 장기. 약간의 부정맥이 생긴 지금도 마
찬가지다. 그렇기에 나는 더 마신다. 술은 나에게
내 심장이 지금 어떠한 상태인가를 말해 주는 단
서이기도 하다. 그다지 아프지 않다면 좀 더 마시
고, 그렇지 않다면 그날의 운에 맡긴다. 나는 당신
들이 어떻게 시간을 버티고 사는지 알지 못한다.
당신들은 건강한가, 아닌가. 나보다는 조금 나은
가. 아니면 월등하게 나은가. 잘 모르겠다. 그래도
누군가 안아 줄 사람이 있다면 아마 조금은 나을
것이다.

╏

올해 초 자궁에 물혹이 생겼다고 했을 때, 치료를
받은 두 달을 제외하면 올해는 거의 매일같이 마
셨다. 나는 연습하는 것에 지쳤다. 나를 사람들 앞
에 붙잡아 두고, 웃고, 억지로 예의를 차리는 일에
지쳤다. 술을 마시고 가끔씩 화장실 거울에서 나
를 보면 울고 싶지만 그러지는 않는다. 이건 꽤 많
은 연습의 결과다. 그러니까, 나는 여전히 그런 식
의 연습으로 산다. 그러나 우습게도 그러한 순간
들 속에서 찰나에 행운이, 행복이, 이를테면 사랑
이 있었으리라고 억지로 직감하면서 나는 산다.

"사람들 사이의 사랑이 아니라, 그저 사랑이 있었다고. 혹은 어쩌면, 그들 관계의 경계에서, 어떤 밤에, 한 번, 마치 암흑을 비추는 가느다란 빛줄기처럼 사랑이 나타났다고. 한 번, 어떤 순간에, 이야기가 사랑에 이르렀다고."

↯

나는 나와 비슷한 여자들을 아주 잘 안다. 어렸을 적 사랑에 실패하고 천천히 망가져 버린 여자들. 사랑에 사랑이 있다고 믿으며, 그 믿음에 헌신하는 여자들. 아침에 마시고 점심에 하수체성 구토를 하는 여자들. 그것들에 대해 쓰는 여자들. 어딘가에 도달하고자 하지 않는 여자들. 지나침에 대해 쓰는 여자들. 심장이 아주 튼튼한 여자들.

↯

그리고 여기에는 그런 여자가 한 명 더 있다. 나와 나이로 따지자면 예순 살 정도 차이가 나고, 나보다 술을 좋아했으며, 늘 썼던 여자. 트루빌에서, 로슈누아르에서, 파리에서, 베트남 사이공에서 늘 쓰려고 했던 여자. 뒤라스의 『물질적 삶』은 그것들에 대해서 두서없이, 전달하고자 하는 바 없이 쓰인 책이다. 앞서 내가 나의 이야기를 늘어놓은 것처럼, 그러나 그보다 더 강렬하고 괴팍하고 날카롭게. 그녀 바람대로 그녀의 책, 『물질적 삶』은 그저, 읽는 책이다. 어떤 밤, 어떤 순간에, 어딘가

에 무언가 있었음을 직감했던 책이다. 뒤라스 혹
은 그녀와 비슷한 삶을 읽고자 하는 이들에게 이
책을 추천하고 싶다. 특히나 심장을 두 개쯤 지닌
튼튼한 여자들에게. 그저 읽고 마시고 읽고 마시
고 또 쓰기를.

⊁ ⊁ ⊁ ⊁ ⊁ ⊁ ⊁ ⊁ ⊁ ⊁ ⊁ ⊁ ⊁ ⊁ ⊁ ⊁ ⊁ ⊁ ⊁

김남숙　　　113

가까워지지도 멀어지지도 못해서

『순례자 매』를 읽고

김병운

⊜ 소설가, 『아는 사람만 아는 배우
공상표의 필모그래피』의 저자

『순례자 매』는 미국 소설가 '알윈'의 눈으로 바라본 어느 아일랜드인 부부의 이야기다. 상속녀 친구 덕분에 프랑스의 시골 대저택에 머물고 있는 알윈은 어느 여름날 이 집을 찾아온 '컬렌' 부부와 인사를 나누고, 운전기사를 대동하고 다닐 만큼 부유하고 수개월째 목적 없는 여행을 이어 나갈 정도로 권태로운 이들과 기나긴 오후를 함께 보내게 된다. 알윈은 이들 부부의 자기중심적이고 열정적인 모습만큼이나 그들이 키우는 ↦정확히는 아내 '매들린'이 키우고 있는↤ 사냥용 매 '루시'에게 깊은 인상을 받는다. 매들린은 여행 중에도 루시를 데리고 다닐 만큼 조련하는 일에 열성

인데, 그녀에 따르면 주인에게 한번 길든 매는 웬만해선 도망치지 않는다. 왜냐하면 야생에서 자유롭게 사는 것보다 인간의 곁에서 속박된 상태로 사는 편이 더 안전하고 배부르기 때문이다. 가끔 내재된 야성 때문에 광기 어린 발작을 일으키기도 하지만 머지않아 다시 찾아오는 허기의 고통 때문에 그것은 그리 오래가지 않는다.

ㅅ

이러한 매의 습성이 일종의 상징임은 이야기가 진행될수록 명확해진다. 매들린과 루시가 벌이는 공생의 이중주가 어느 순간부터 자연스레 컬렌 부부가 빚어내는 불협화음과 겹치기 때문이다. 마음만 먹으면 훨훨 날아가 버릴 수 있을 것 같은데도 언제나 매들린 곁으로 돌아오는 루시의 모습은 해소되지 않는 욕망 때문에 거의 끙끙 앓다시피 하면서도 아내를 떠나지 못하는 남편 '래리'의 모습과 맞닿아 있고, 래리가 자신을 떠나지 못하리라는 사실을 알기에 적당한 무관심으로 일관하는 매들린의 태도 또한 루시의 행동 양식을 간파하고 있기에 어떤 돌발 상황에서도 태연할 수 있는 그녀의 조련 방식을 떠오르게 한다. 하지만 매들린을 그저 길들이는 사람으로만 여기기란 다소 부당해 보이는데, 왜냐하면 매들린 역시 이 결혼 생활을 유지하기 위해 자신의 욕망을 끊임없이 굴절하도록 길들여진 듯 보이기 때문이다. 이들 부부는 서로가 서로의 필요를 충족해 줄 수 없음을 알면서도 어떻게든 견디듯 살아가고 있고, 욕망에 충실한 삶을 원하면서도 결국에는 속절없이 속박 상태를 선택하고야 만다.

어떤 소설은 읽다 보면 작가가 독자에게 곁을 내어 주지 않기로 작정을 했다는 느낌이 들 때가 있다. 작가가 화자와 인물, 그리고 독자 사이에 상정한 어떤 이상적인 거리감이 있고 그 거리감을 확보하는 일이 무척 중요해서 독자에게 너무 가까이 다가오지는 말아 달라고 선을 긋는 것 같은 느낌이랄까. 내게 『순례자 매』는 처음부터 끝까지 그런 소설이었다. 조금 더 자세히 들여다보고 싶어서 한 걸음 가까이 다가가면 어느새 내가 움직인 만큼 물러서는 소설. 이대로는 너무 버거워서 한 걸음 뒤로 물러서면 곧바로 내가 움직인 만큼 다가오는 소설. 나는 능수능란하게 거리를 조절하는 작가의 문장들이 어쩐지 절묘하다 못해 기묘하다는 생각까지 품게 됐고, 덕분에 작품에 매인 것 같은 갑갑한 기분 속에서 결혼이라는 관계가 품고 있는 수렁의 깊이를 가늠하게 됐다.

이 작품은 함부로 가까워지거나 멀어지지 않음으

로써 일견 양립하기 어려워 보이는 두 가지 방향의 읽기를 가능하게 한다. 독자로 하여금 자유를 갈망하면서도 동시에 구속을 기대하는 인간 존재의 본성을 분석적으로 사유하게 한다. 그러고는 많은 것들을 억누르다가 그만 뒤틀려 버린 컬렌 부부의 일상을 아주 생생하게 추체험하게 하는 것이다. 솔직히 말하자면 나는 아직도 하나의 소설이 어떻게 이토록 관조적이면서 감정적일 수 있는지 잘 이해되지 않는다. 어느 인물에게도 섣불리 이입하지 못하도록 끊임없이 현재의 거리감을 환기하면서도 이들이 처한 상황과 거기에서 비롯된 다종다양한 감정을 체감하도록 쓰기란 거의 불가능에 가깝다고 생각하니까. 하지만 이 소설은 놀랍게도 그 모든 것을 한 페이지 안에서, 혹은 한 문단 안에서, 혹은 한 문장 안에서 해내고 있고, 그 때문에 나는 이 책을 처음 읽었을 때는 물론이고 다시 한번 읽었을 때도 똑같은 결론에 도달할 수밖에 없었다. 이 작품을 쓴 작가 글렌웨이 웨스콧은 소설의 신이라는 사실을.

❦ ❦ ❦ ❦ ❦ ❦ ❦ ❦ ❦ ❦ ❦ ❦ ❦ ❦ ❦ ❦ ❦ ❦ ❦

위대한 스승의 완벽한 연습 작품들

『무용수와 몸』을 읽고

신새벽
⊜ 편집자

많은 사람들이 고백했듯이, 나도 로베르토 볼라뇨를 좋아한다. 그런데 볼라뇨는 누구를 좋아할까? 되블린, 독일 작가 알프레트 되블린이다. 볼라뇨의 소설 『2666』에서 1차 세계 대전 때 붉은 군대에 입대했던 한 유대인 작가는 모스크바에서 되블린을 읽는다.

⚡

또한 안스키는 1929년에 알프레트 되블린의 신간 소설 『베를린 알렉산더 광장』을 읽었고, 그 작품이 너무나 훌륭하고 잊을 수 없으며 고귀하다고 여긴 나머지, 되블린이 쓴 작품들을 더 찾아보았고, 모스크바 도서관에서 『왕룬의 세 번의 도약』

(1915), 『바첵, 증기 터빈과 싸우다』(1918), 『발
렌슈타인』(1920), 『산, 바다, 거인』(1924)을 발
견했다.

↕

볼라뇨는 라틴아메리카인 몸에 독일인의 마음을
가진 작가였다. 시인으로서 프랑스 시인들에게 빠
졌다면, 소설가로서 독일 근대 장편 소설을 스승
으로 삼았다. 그가 죽을 때까지 잡고 있었던 장편
소설 『2666』에서 카프카, 무질과 함께 위대한 스
승으로 등장하는 이름이 되블린이다. 소설 속에서
전후 독일에 자신의 이름을 딴 출판사를 재건하는
부비스 씨는 투고 원고를 보면서 생각한다.

↕

몇몇 신진 작가의 작품은 그리 나쁘지 않았다. 그
러나 그들 속에서 새로운 되블린이나 새로운 무
질 혹은 새로운 카프카(부비스 씨는 미소를 띠
었지만 아주 슬픈 시선으로, 새로운 카프카가 나
타난다면 나는 몸을 부들부들 떨 거야 하고 말했
다.), 또는 새로운 토마스 만 같은 작가들은 보이
지 않았다. 아니면 부비스 씨가 스스로 인정하는
것처럼 그런 사람들을 알아볼 능력이 없었기 때문
일 수도 있었다. 아무튼 이런 훌륭한 작가들의 도
서 목록은 부비스 출판사의 고갈되지 않는 자산
이었다.

↓

무질, 카프카, 만, 되블린은 공통적으로 기나긴 장편 소설을 여러 권 남겼다. 『요셉과 그 형제들』처럼 정말 길거나, 카프카의 장편처럼 전부 미완이거나, 무질과 되블린의 장편은 한국에 거의 번역조차 되지 않았다. 독자들은 이런 '위대하고 불완전하며 압도적인 작품들'을 읽기 두려워한다고, 『2666』 속에서 지친 칠레 교수 아말피타노는 생각한다.

↓

그[책을 좋아하는 젊은 약사]는 『소송』 대신 『변신』을, 『모비딕』 대신 『필경사 바틀비』를, 『부바르와 페퀴셰』 대신 『순박한 마음』을, 『두 도시 이야기』나 『피크위크 페이퍼스』 대신 『크리스마스 캐럴』을 골랐다. 너무나 슬픈 역설이야. 아말피타노는 생각했다. 이제는 심지어 책을 좋아하는 약사조차도 위대하고 불완전하며 압도적인 작품들, 즉 미지의 세계 속에서 길을 열어 주는 작품들을 읽기 두려워해. 사람들은 위대한 스승들의 완벽한 연습 작품들만 골라서 읽고 있어. 마찬가지 이야기지만, 그들은 위대한 스승이 연습 경기하는 걸 보고 싶어 해. 하지만 위대한 스승들이 무언가와 맞서 싸울 때, 그러니까 피를 흘리며 치명적인 상처를 입고 악취를 풍기면서 우리 모두를 위협하고 두려움으로 사로잡는 것과 맞서 싸울 때는 전혀 관심을 보이지 않아.

✝

쏜살 문고로 국내 초역된 되블린의 『무용수와 몸』 은 이런 의미에서 위대한 스승의 완벽한 연습 작품집이다. 1912년 34세의 되블린이 처음으로 세상에 내놓은 책으로, 우리 독자는 손바닥에 안착하는 판형에 단정하고 숙고된 한국어 번역으로 그의 연습 경기를 지켜볼 수 있다. 표제작 「무용수와 몸」을 비롯한 열두 편의 단편 소설은 편집자가 소개하듯 '감각적이고 강렬한 묘사와 인상적인 색채 이미지'로 '내면의 감정과 에너지, 현대인의 체험을 생생하게 표현'하고 있다.

✝

괴팅 씨, 아돌프 괴팅, 재야 학자, 알브레히트 거리 15 거주, 쉴케 부인 집에서 오른쪽으로 세 계단. 그가 자기 방 소파에 앉아 등불을 쬐고 있다. 누런 얼굴에 주름이 자글자글하고 눈에는 염증이 있으며 목소리가 빠르고 부드러운, 음울하고 왜소한 남자다. 가느다란 다리를 덮은 갈색 담요의 술 장식을 손가락으로 만지작거린다.

✝

"이 남자는 맞은편 의자에 깍지를 끼고 앉아 있는 창백하고 사람 좋아 보이는 여자, 그러니까 자기

부인에게 간단히 손짓하며 가르친다. 연습이 문화의 토대이며 그는 자기가 하는 말이 무슨 뜻인지 안다고. 또한 포도즙이 위와 모든 점액에 좋으며 짐작건대 장 속에서 포도주로 변한다고. 변화하려는 생명의 힘은 어마어마하다고. 그는 자기가 하는 말이 무슨 뜻인지 안다고."(「아스트랄리아」에서)

꒭

재야 학자 아돌프 괴팅 씨는 『원죄 이후 현재에 이르기까지 인간 행위의 주요한 결함의 역사』의 저자다. "자유 형제단 '아스트랄리아'를 결성했고 현재 '내면의 생명과 그 육체적 표현'에 대해 연구 중"이다. 카프카가 작품 속에 유대인이라는 말을 쓰지 않았던 것처럼 되블린은 광인이라는 말을 쓰지 않는데, 괴팅 씨는 광인으로 보인다. 사람들은 그를 "쳐다보고 새된 소리를 질렀으며 터지는 웃음을 참곤 했다." 그렇지만 재야 학자 또는 광인인 괴팅 씨는 그의 형제들과 성벽 옆 술집에서 포도즙을 마시며 사상을 공유할 수 있다. "모든 재산을 분배해야 하고, 동물을 죽이는 것은 살인이나 다름없으며, 곧장 자기 내면으로 들어가지 않는다면 세계의 종말이 임박할 것이다." 그들은 첫 번째 세계 대전을 예감하고 있다.

꒭

다가올 일들이 흡사 임신부 배 속에 든 아이처럼 은연중에 준비되었다고. 그 준비의 고통이 어떤 것인지 누가 알겠느냐고. 형제들에게 확언하건대 사실이 그렇다고. 인간이 서로를 절멸시키는 큰 전쟁이 터질 거라고. 지상에서는 긴장이 이미 최고조에 다다랐고 세계는 이미 무장을 염두에 두고 있으며 평화를 원하는 사람들만이 남는다고. 구름 속에 벌써 구세주께서 그분의 작품을 완성할 준비를 갖추고 서 있다고. 구세주 그분의 말씀인 구름 속에.

⚡

『무용수와 몸』에서 되블린은 정신 병원에 입원한 무용수, 민들레꽃을 살해한 신사, 우울 속에서 허우적대는 여왕과 부군 등 여러 형태로 광기에 빠져드는 인물들을 이해하고 또 표현한다. 괴팅 씨와 같은 인물은 『베를린 알렉산더 광장』(1929)의 아내 살해범 비버코프로 이어지고, 이 소설을 읽은 유대인 작가 안스키는 '너무나 훌륭하고 잊을 수 없으며 고귀하다고 여긴 나머지' 되블린의 다른 작품을 찾아내고, 2차 세계 대전 중에 죽는다. 전후에 부비스 씨는 되블린의 신간이 출간된다는 리플릿을 '싸구려 종이지만 아주 예쁜 서체로' 인쇄한다. 볼라뇨와 되블린은 이런 식으로 20세기의 전쟁과 책에 붙박혀 있다.

'피를 흘리며 치명적인 상처를 입고 악취를 풍기면서', '우리 모두를 위협하고 두려움으로 사로잡는 것과 맞서 싸우는' 위대한 스승들을 읽기 두려울 때면 나는 되블린의 연습 경기인 『무용수와 몸』을 읽는다. 왜 자꾸 읽게 될까? 부비스 씨가 출간 계약을 맺은 '새로운 카프카', 즉 아르킴볼디는 이렇게 생각한다. '히틀러는 유명한 사람이었다. 괴링도 유명했다. 하지만 그[아르킴볼디]가 사랑했거나 향수를 느끼며 기억하는 사람들은 유명하지 않았고, 단지 몇 가지 부족한 면을 채워 주는 사람들이었다. 되블린은 위안이 되는 사람이었다.'

❧ ❧ ❧ ❧ ❧ ❧ ❧ ❧ ❧ ❧ ❧ ❧ ❧ ❧ ❧ ❧ ❧ ❧

시와 만나 자기 자신 되기

『이것은 시를 위한 강의가 아니다』를 읽고

이한솔
☰ 편집자

이 책은 작가 E. E. 커밍스가 1952년 하버드 대학교에서 진행한 강연을 묶어 만들었다. 그는 소문자 i(나)를 각 제목으로 둔 여섯 번의 강의를 통해 다음 질문에 답한다. '나는 누구인가? 글쓰기라는 예술을 하는 나는 어떻게 나 자신이 되었나?' 혹시 취업을 위한 자기소개서 작성 요령을 찾아본 적이 있는지? '성장 과정' 항목을 적을 때, 절대로 "엄하신 아버지와 자애로운 어머니 밑에서 태어나"와 같은 '뻔한' 문장으로 시작하지 말라는 충고는 웬만한 사람들이라면 다 아는 얘기다. 이런 충고가 무색하게도, 커밍스는 아예 자신의 아버지와 어머니 두 사람이 어떤 사람이었는지 이야기하는 것으로 첫 강의를 시작한다. "부모님의 아들로서 일상생활을 해 나갈 뿐인" 유년 시절의 세계와 이후 작가로서의 세계를 '자아 발견 및 성장'이라는 하나의 연대기로 잇기 위해서다. 일할 능력을 증명하기 위해서가 아니라, 예술가로서 '존재'하는 개인을 설명하려는 자기소개다.

커밍스는 자신을 "예술가이자 남자이자 낙오자"① 라고 말한다. 집요하게 '나'에 대해 말하는 미국 중년 백인 남성 작가를 난생처음 보듯 신선하게 여길 필요는 없다. 다만 조금만 더 마음을 열고 다가선다면, 그와 나를 나란히 놓고 생각해 볼 수도 있다. 예를 들어 커밍스는 1차 세계 대전에 참전했고 파리에서 청년 시절을 보낸 전형적인 '잃어버린 세대'다. 그는 이 호칭을 꺼려 하며 이렇게 해명한다. "저는 우리 세대가 재앙을 자초하며 그걸 즐겼다고 생각하지 않습니다. 제가 느끼기에, 우리는 새로이 태어나고 싶어 했습니다."② 이전 세대와는 다르다는 감각 혹은 다르고 싶다는 욕망은 특정 세대의 것만은 아니기 때문에 보편성을 발견한다. 어쨌거나 그는 자신의 삶에서 가장 중요하다고 생각하는 사건, '자아 발견'의 '기적' 같은 순간을 파리에서 맞이한다. 세 번째 강의 마지막 부분이다.

한때 봉기하고 분투하던 세계는 무너져 내렸고, 추하게 시들어 가는 작은 파편이 되었습니다. 하지만 다른 한편으로 사랑이 제 가슴속에서 태양처럼 솟아올랐으며, 아름다움은 제 삶에서 별처럼 피어났습니다. 바로 그때, 처음이자 마지막으로, 저는 제 자신이 되었습니다. 언젠가는 저승에 갈 현세의 주민으로서, 태어나고 죽는 모든 인간들 중 하나로서 말입니다.③

삶 속의 사랑과 아름다움을 통해 드디어 그는 지금의 자기 자신, "예술가이자 남자이자 낙오자"인 E. E. 커밍스가 되었다. 그에게는 사랑과 아름다움을 통해 하나의 온전한 사람이자 각자 고유한 개인이 되는 것이 가장 중요하다. 예술 그리고 시는 바로 진실한 자기 자신이 되는 방법이다.

시와 예술은 모두 엄격하고 분명하게 개성에 관한 문제를 다룹니다. 이런 점은 예나 지금이나 마찬가지이며, 또 앞으로도 영원히 그러할 것입니다. (……) 시는 존재에 관한 것이지 어떤 행위를 하는 것이 아닙니다. 여러분이 멀리서나마 시인의 소명 의식을 따르고자 한다면(여기서, 늘 그렇듯, 저는 완전히 편향되고 전적으로 개인적인 시각에서 말

이한솔

씀드립니다.), 여러분은 가시적인 행위를 하는 세계에서 벗어나 헤아릴 수 없는 존재의 집으로 향해야만 합니다.④

❧

직접적인 창작만이 "헤아릴 수 없는 존재의 집으로 향"하는 유일한 방법은 아닐 것이다. 쓰고 읽는 것은 분리되어 있지 않으니까. 커밍스 역시 매번 여러 편의 시를 연달아 읽는 것으로 강의를 끝맺는다. 자신의 작품 외에 성경, 단테 알리기에리의 『신곡』, 윌리엄 셰익스피어의 『소네트』, 윌리엄 워즈워스와 퍼시 비시 셸리의 시 등 여러 편이다. 문학사적으로 연결되어 있지도, 치밀한 맥락이 있는 것도 아닌 듯한 이 시들은 그가 좋아하고 사랑하는 시다. 이런 시들로부터 구성된 나를 소개함에 있어, 시를 직접 읽어 주는 것보다 효과적인 방법도 없으리라.

❧

이 삶의 이야기를 따라가며, 스스로 시인이라 생각해 본 적은 없는 나 같은 사람도 시와의 관계를 다시 생각해 보게 된다. 어쩌다 보니 편집자로 일하기 시작한 뒤 내가 제일 많이 만든 책은 시집이다. '세계 시인선'을 만드느라 그렇다. 민음사의 가장 오래된 시리즈 중 하나인 '세계 시인선'은 1970년대 무렵 처음 시작된 번역시 선집으로,

2016년 두 번째 리뉴얼을 시작해서 현재 50권 이상 이어지고 있다. 이 시리즈를 주로 만들면서, 오랫동안 사람들에게 사랑받아 온 시, 앞으로도 몇백 년은 더 읽힐 새로운 고전, 탁월한 작가의 작품을 꾸준히 읽게 되었다.

⸕

일을 하면서 읽는, 혹은 일 때문에 읽는 시는 그냥 읽는 시와 다를까? 애초에 시와 맺은 관계가 깊지도 복잡하지도 않았기 때문일 가능성이 높지만, 나는 그리 다르지 않다고 느낀다. 시는 시다. 내가 일하면서 마주하고 매만졌던 시를 생각하며, 70여 년 전 한 사람의 인생 이야기에 내 삶의 한 순간도 슬며시 겹쳐 본다.

⸕

저는 자연스럽고 기적적으로 자라난 온전한 한 인간, 곧 무한한 감정일 지닌 한 개인입니다. 그리고 저의 유일한 행복은 제 자신을 넘어서는 것이며, 제가 겪는 고통은 모두 성장하기 위한 것입니다.⑤

⸕

커밍스의 이야기를 같이 쭉 들은 만큼, 그를 흉내 내어 마무리하고 싶다. 지금의 나 자신이 되기까지 나를 채워 준 몇 편의 시들이며, 편집자로 일하며 만났지만 개인으로서 좋아하는 시들이다. "그

래서 저는 용기를 내어 짧은 시 몇 편을 낭독하려
합니다. 이 시들이 (어쨌든) 마음껏 노래할 수 있
도록 해 보겠습니다."⑥

↓

당신은 또한 삶은 어둠이라는 말을 들어 왔으며,
피로에 지친 당신은 피로에 지친 이들이 했던 말을
그대로 되풀이합니다.
나 또한 말해요. 삶은 진정 어둠인데, 열망이 없을
때만 그러하다고.
그리고 모든 열망은 앎이 없다면 눈먼 것이라고.
모든 앎은 일 없이는 헛된 것이며,
또한 모든 일은 사랑 없이는 공허할 뿐이라고⑦

↓

내겐 야망도 욕망도 없다.
시인이 되는 건 나의 야망이 아니다.
그건 내가 홀로 있는 방식.⑧

↓

인생이란 상상 속의 애인과 같은 것. 우리는 그녀
를 꿈꾸고, 그녀를 꿈꾸는 것 자체를 좋아한다. 그
녀를 실제로 체험하려 애쓰지 말 것.⑨

↓

그러나, 그대는 늘 그곳에 있어,
서성이는 환상을 되가져 오고,
엉망이 되어 버린 봄 너머 새로운 영광을 숨쉬며,

죽음에서 아름다운 생명을 불러,
성스러운 목소리로, 그대의 세상처럼 빛나는,
현실의 세상에 대해 속삭이지.

나는 그대의 유령 같은 축복을 믿지 않으나,
그러나 저녁 고요한 시간,
결코 사그라지지 않는 고마움으로
그대, 인자한 힘을 환영한다네.
인간 근심의 확실한 위무자,
희망이 절망일 때, 더 다정한 희망! ①⑩

----

① ~ ⑥ 『이것은 시를 위한 강의가 아니다』
⑦ 칼릴 지브란, 「일에 대하여」, 『예언자』
⑧ 페르난두 페소아, 「양 떼를 지키는 사람」, 『시
   는 내가 홀로 있는 방식』
⑨ 마르셀 프루스트, 「꿈으로서의 삶」, 『시간의
   빛깔을 한 몽상』
⑩ 에밀리 브론테, 「상상력에게」, 『상상력에게』

너와 나, 우리 모두의 여행 그리고 여름

『두 손 가벼운 여행』, 『여름의 책』을 읽고

김용언
⊜ 《미스테리아》 편집장, 『문학소녀』 저자

어떤 작가에 대해, 아니, 어떤 인간에 대해 우리
는 얼마나 알고 있을까? '작가는 책으로 말한다.'
라는 상투적인 문구는 물론 옳다. 하지만 우리가
접할 수 있는 그 작가의 책이 극히 일부에 지나지
않았다면? 이를테면 이번 독서가 그랬다. 단편집
『두 손 가벼운 여행』과 경장편 『여름의 책』은 지
금껏 '무민의 작가'로만 알던 토베 얀손에 대한 인
상을 크게 뒤바꿔 놓는다.

❢

먼저 『두 손 가벼운 여행』은 토베 얀손이 퍼트리
샤 하이스미스라든가 셜리 잭슨의 영역에 속하는
작가일지도 모른다는 생각을 하게 한다. 이 단편

집 속 주인공들은 모두 길을 떠난다. 목적은 제각각이다. 할머니의 생일 파티에 참석하기 위해, 대녀와 휴가를 함께 보내기 위해, 먹을 것을 구하기 위해, 신혼여행을 위해서 익숙한 곳을 떠난다. 여행을 떠나기 직전까진 다들 그렇다. 낯선 곳에서 지금의 문제를 잊을 수 있길, 지금의 고통이 해결될 수 있길, 내가 혹은 동행인이 그곳에선 좀 달라질 수 있길, 목적과 결과가 일치하기를 소망한다. 그리고 우리 모두는 알고 있다. 그렇지는 않다는 사실을. 일상의 공포와 악의와 환멸은 여행지까지 고스란히 따라온다.

⤼

하지만 떠나고 싶었던 마음이야말로, 어쩌면 그 여행들을 통틀어 가장 진실한 편린일 수 있다. 수록작 「편지 교환」에서 '얀손 선생님'에게 팬레터를 보내는 일본인 소녀 다미코가 들려주는 어떤 하이쿠처럼. "멀리 떨어진 푸른 산을 바라보는 늙은 여자에 관한 시예요. 그 여자가 어릴 때는 그 산이 보이지 않았죠. 이제는 그 산에 갈 수 없고요." 다미코는 그 시를 이해하기에는 너무 어렸다. 그러나 단편 말미에 이르러 다미코는 마침내 또 다른 시를 인용한다. "가난한 나는 너에게 줄 작별 선물이 없구나. 너를 어디건 따라갈 푸른 산 외에는." 그 푸른 산에 깃든 마음이야말로 절대로 변하지 않을, 누구도 강탈할 수 없는 '나'의 가장 내밀한 꿈일 것이다. 가령 「온실」의 "우리가 서로를 설득할 수 있는 것처럼 보이지는 않군요. 하지만 그게 굳이 필요한가요?" "아니죠. 그냥 상대방이 알고 이해하기를 바랄 뿐이죠." 이런 대화처럼 말이다.

＊

『두 손 가벼운 여행』이 여행 전후의 피로하면서도 씁쓸하고 냉담한 깨달음을 기록하고 있다면, 『여름의 책』은 은근한 냉소와 상실의 예감에 기반하고 있음에도 '또 다른 고향'으로 떠나는 행복의 찬란한 순간을 찬찬히 풀어놓는다.(무민 만화책을 사랑했던 이들이라면 『여름의 책』에서 그리운 무민 골짜기의 원형을 찾을 수도 있으리라.) 이 책은 여름을 통째로, 어느 섬의 오두막에서 보내는 가족의 이야기다. 어린 소피아는 아빠, 할머니와 함께 이곳에서 잊을 수 없는 계절을 보낸다. 엄마는 돌아가셨지만, 가장 가까운 이의 상실이라는 그림자가 지나치게 오래, 어둡지 않게 머물 수 있었던 것은 전적으로 할머니 덕분이다.

＊

예술가(로 추정되는) 할머니는 가끔 조숙한 손녀의 활력을 귀찮아하고, 대놓고 말싸움을 벌인 뒤 며칠 동안 말 한마디도 걸지 않는 냉전을 벌이기도 하고, 형이상학적인 질문을 하는 손녀에게 대충 답했다가 며칠 후에 바로 반박당하자 지기 싫어서 계속 말을 지어내며 헛발을 밟는다. 아옹다옹하는 두 사람의 일상은 자연의 흐름과 온전히 일치하여 흘러간다. "하느님, 무슨 일이든지 벌어지게 해 주세요. 어린아이들을 사랑하시는 하느님. 지루해 죽겠어요. 아멘!" 하고 소피아가 기도를 올리자마자 엄청난 폭풍우가 들이닥친다. 할머니는 '유령의 숲' 여기저기에 흩어진 죽은 가지와 나무토막들을 주워서 어떤 동물의 얼굴을 새기는데, "조각을 했어도 이 작품들의 영혼은 여전히 나무"였다. 불쑥 나타나 집에 함께 머물게 된 고양이 마페가 새나 쥐, 뱀을 물어 올 때마다 소피아는 경기를 일으키며 울음을 터뜨리지만, 결국 자신이 이 고양이를, 다른 예쁜 고양이들 말고 이 말썽꾸러기만을 사랑한다는 사실을 깨닫는다. 마침내 가을이 다가오자, 가족들은 바깥에 내놓았던 물건들을 다시 차곡차곡 집 안으로 들여놓고, 혹시 추운 계절에 뜻하지 않게 이 섬으로 흘러들게 될 난파객들을 위해 손님용 담배와 초를 잘 보이는 곳에 배치한다. 그리고 "뭐든지 다 사용하셔도 좋지만, 새 땔감을 좀 해 오세요. 연장은 대패질하는 작업대 밑에 있습니다. 그럼 이만."이라는 쪽지를 붙여 둔다. "할머니는 8월에 생기는 이런 큰 변화들을 언제나 사랑했는데, 그것은 어쩌면 만사가 그토록 흔들림 없이 진행되었고 모든 물건들이 정해진 자신들만의 자리로 돌아갔기 때문인지도 모른다. 모든 흔적들이 섬에서 사라져 버릴 수 있는 계절, 섬이 최대한 원래 상태로 복구될 수 있는 계절이었다."

§

할머니는 손녀에게 설교하지 않는다. 젊은 시절 걸스카우트를 처음으로 조직했던 지도자로서 기쁘고 행복했던 기억이 있긴 하지만, 그것을 아이에게 구구절절 설명하지 않는다.(아니 못 한다.) 오히려 "이제는 모든 것이 나에게서 미끄러져 나가는 거 같아. 이제는 기억도 안 나고 관심도 없어. 바로 지금 그게 다 필요한데!"라며 원치 않는 고백을 터뜨리고 만다. 많은 것에 무관심해지고, 열의가 사라져 가고, 경험에 대한 적절하고 능숙한 언어화가 맘대로 되지 않는 상태에 이르렀음을, 할머니 스스로도 분통 터져 하며 어린 손녀에게 몽땅 털어놓고 마는 것이다. 하지만 그다음, 소피아가 말을 잇는다. "그럼 어쩌지 내가 이야기할게."라며, 할머니의 말을 듣고 야외 텐트에서 잠을 청했던 모험에서 느낀 바를 열심히 들려준다. 손녀가 침실을 떠나자 할머니는 생각한다. "이제 좀더 기억났다. 사실 꽤 많이 기억났다. 여러 인상들이 새로 돌아왔다. 점점 더 많이." 할머니는 이 섬의 자연처럼, 계절의 변화처럼 그렇게 곧 사라질 사람이다. 이제 막 인생의 첫 단계에 발을 디딘 손녀는, 할머니와 함께 섬의 이곳저곳을 쏘다니고 수많은 대화를 나누며 할머니의 주름진 과거와 현재의 슬픔까지 그대로 흡수한다. 한 세대의 기억이 다음 세대에게 어떻게 축적되는지 『여름의 책』만큼 아름답게 보여 준 작품이 또 있었던가? 할머니와 손녀의 관계가 '전적으로 보호해 줘야 하는' 관계가 아니라, 동등한 친구로서, 함께 음모를 꾸미고 숲과 연못을 관찰하고 소풍을 떠나며 온갖 비밀 이야기를 주고받는, 우리가 바랄 수 있는 가장 근사한 우정 관계로, 이렇게 아름답게 그려진 적이 있었던가? "나처럼 나이를 너무 먹으면 같이할 수 없는 게 너무나 많다고……." "아니지. 할머니는 뭐든지 다 나랑 같이하잖아. 우린 늘 똑같이 하잖아!"

『여름의 책』의 할머니는 토베 얀손이 지극히 사랑했던 어머니 함을 모델로 했다고 한다. 역시나 함을 모델로 한 무민마마가 사고뭉치 무민트롤을 다정히 끌어안는 것처럼, 『여름의 책』 속 할머니가 소피아의 눈치 없음에 혀를 차면서도 '뭐 어때?' 하고 받아들이는 것처럼, 서로의 다름을 인정하면서도 진심으로 사랑할 수 있고 안아 줄 수 있음

을 웅변하는 이 작고 섬세하고 아름다운 이야기가
더 많이 읽힐 수 있다면 좋겠다. 마치 어린 시절의
나에게 '여름의 이야기'가 에리히 케스트너의 『로
테와 루이제』로 각인된 것처럼, 이제 막 『여름의
책』을 새로 접한 이에게 이 책이 또 다른 '여름의
이야기'로 기억될 수 있으리라 장담한다.

ﾞﾞﾞﾞﾞﾞﾞﾞﾞﾞﾞﾞﾞﾞﾞﾞﾞﾞﾞﾞﾞﾞ

김용언

✓✓✓✓✓✓✓✓✓✓✓✓✓✓✓✓✓✓✓✓✓
사건은 대체로 언어가 도착하기 전에 일어난다
✓✓✓✓✓✓✓✓✓✓✓✓✓✓✓✓✓✓✓✓✓

『사건』을 읽고

✓✓✓✓✓✓✓✓✓✓✓✓✓✓✓✓✓✓✓✓✓

이민경
≡『탈코르셋: 도래한 상상』,
『우리에겐 언어가 필요하다』의 저자

비스듬하게 누운 펜을 쥔 오른쪽 손목을 왼쪽으로
돌린다. 종이와 직각으로 맞닿으며 위에서 아래로
내리꽂는 동작은 아니 에르노의 글이 향하는 방
향. 그의 책을 두른 띠지에 쓰인 "칼 같은 글쓰기"
라는 문구는 위에서 아래로 흘려보내는 대신 아래
에서 위로 밀어 올리며, 몸을 잊는 대신 동원하고,
덧붙이는 대신 파고들면서 싹둑싹둑 혹은 서걱
서걱 삶을 썰어 버리고자 움직이는 이 기세에 대
한 것이리라. 도마를 울리며 머리를 깨우는 칼질
소리.

↕

자신에게 일어난 사건에 대해 쓰는 일을 사건으로

만들면서 이에 '사건'이라는 제목을 붙이는 아니 에르노의 징그러울 정도로 확고한 원칙이 담긴 글을 읽는 동안 머릿속으로 자그마한 폭죽이 뛰었다가 곧 사그라졌다. 육체노동을 하는 계급에서 정신노동을 하는 계급으로 상승하고자 했던 여성이 임신이라는 몸의 사건으로 인해 이내 추락을 절감하는, 정신과 몸 각각에 붙은 상승과 하강, 숭고함과 타락함의 이미지. 여성과 몸, 남성과 정신, 경험과 이념, 다시금 그렇게 비천함과 귀함을 가르는 이분법과 몸을 거치지 않은 글을 이해하지 못해 들러붙은 위화감, 공백을 모방하며 상승을 꿈꾸는 대신 결여를 가감 없이 드러내며 몸을 경유하는 글쓰기만을 신봉하게 된 나의 자세. 그러나 이것이 아니 에르노의 글인 만큼 나 역시 육화된 경험을 드러내는 글쓰기로 화답하고 싶어진다.

⭥

섹스와 임신의 연관성에 대해 알게 되었을 때, 섹스에 호기심과 의향을 가진 10대의 나는 임신할 경우 아무도 모르게 '임신 중단비'를 준비해 의사를 찾아갈 궁리를 하는 동시에 돈을 마련하는 일이 여의치 않아서 일을 그르치기라도 하면 자살하겠다고 생각했다. 여성은 "여성이 스스로 임신했다는 사실을 알게 되는 순간과 이제 너는 임신하지 않은 상태 사이를 생략"해야 한다는 사실을 안다. 혹은 배운다. 배워서 알고, 알아서 배운다. 그 사이는 알아서 편집하되 실패할 경우 홀로 사라지는 방식으로 편집된 상태를 유지한다.

↕

섹스에 포함된 임신 가능성을 두려워하고 조심하던 남자 친구는 어느 대낮 나와의 토론에서 낙태는 나쁘고 무섭다고 말했다. 또 어느 피임하지 않은 무책임한 대학생 부부의 경우 낙태하는 대신 낳아서 길러야 한다고 말했고, 아무리 강간의 경우더라도 죄 없는 아이를 낳아서 입양을 보내면 되지 않겠느냐고 말했다. 몸이 결여된 이야기에 위화감을 느끼며 압도된 나는 그저 비죽비죽 울었고 내가 만일 임신을 한다면 무조건 낙태를 하리라고 고집스러운 표정으로 우겼다. 그저 토론일 뿐인데 감정이 북받쳐 한참을 잠자코 입 다물고 있다가 우물쭈물하며 "너는 여자를 배[腹]로밖에 보지 않는 것 같다."라는 한마디의 인신공격으로 그에게 상처를 입혔다. 추락에 대한 공포와 비정한 행위를 감행하겠다는 결의와 그것을 아무도 모르게 은폐하겠다는 독기에 대한 이미지는 좀처럼 "언어 속에 자리를 잡지 못"하고 몸이 결여된 언어는 지레 윗목을 차지한다. 사건은 대체로 언어가 도착하기 전에 일어난다. 참아야 할 것을 내뱉어 버렸다고 오래도록 죄책감을 떠안아야 했던 그

이민경 145

한마디가, 실은 아무런 언어도 갖지 못한 상태에서 훌륭하고 적확하게 조합해 낸 방어 장벽이었다고 스스로를 추어올릴 수 있게 된 것은 그로부터 한참이나 지나서였다. 이 일을 긍정적으로 봉합하지 않고 내버려 두는 데에는 그보다도 긴 시간이 필요했듯이. 게다가 적지 않은 경우 여성에게 벌어지는 '사건'이란 언어가 주어지는 정도와 반비례한다. 사건에 다른 의미를 부여하는 데 한참이나 지났다고는 하지만, 같은 사회에서 가장 빠르게 언어를 얻은 축이었던 나는 임신도 임신 중단도 한 적이 없다.

⁑

아니 에르노는 단순하게 열정을 불태우고, 남성과 섹스하고 난 광경을 모조리 사진으로 찍어 남기듯 욕망을 감추지 않기로 잘 알려져 있다. 그렇게 자신의 감각을 거쳐 간 사건들을 글로 써내기로 유명한 작가다. 프랑스 여성에 대해 우리가 익히 떠올리는 자유와 욕망과 관능은 예의 칼질 같은 글쓰기에 따라 구현된다. 그러나 그가 같은 방식으로 열어 보인 '임신 중단'이라는 생의 단면은 그 사건이 일어나기 이전의 장면만큼 읽히는가? 그가 '임신 중단'을 경험하던 때를 지나, 그것이 더는 금지된 일이 아니기 때문에 실재 속에서 맞서는 글쓰기를 하던 시점도 지나, 우리에게 또한 임신 중절이 더는 금지된 일이 아닌 시점에서, 나는 그가 칼질로 썰어 낸 활자들과 그것이 회자될 때마다 불어나는 언어를 저울에 달아 본다. 분명 어떤 언어는 너무 자주 존재하고, 어떤 언어는 도착한 이후에도 너무 적게 들추어진다.

≽ ≽

불행은 누구에게 오는가?

『소금』을 읽고

김혜진
㊁ 소설가, 『딸에 대하여』의 저자

강경애의 소설은 소설을 넘어선 지점에 있다.

그것은 소설이라기보다 기록이나 증언처럼 여겨지고, 외면하고 싶거나 모른 척하고 싶었던 현실 바로 앞에 독자를 마주 세운다. 그러면 현실이란 허구로 이뤄진 소설의 세계를 앞질러 있고, 항상 허구를 뛰어넘고 갱신하면서 존재한다는 사실을 새삼스럽게 상기하게 된다.

「소금」의 주인공 봉염 어머니는 척박하고 낯선 간도 땅에서 중국인의 땅을 빌려 농사를 지으며 산다. 그러나 어느 날 지주를 만나러 간 남편이 총에

맞아 죽고, 그 모습을 본 아들 봉식이 집을 나가면서 딸 봉염과 단둘이 남게 된다. 모녀는 봉식을 찾으러 용정까지 가지만 소득 없이 지주 팡둥의 집에 머물게 된다. 그리고 그곳에서 강제로 팡둥의 아이를 임신하게 된 뒤 내쫓긴다. 비가 오는 밤, 남의 집 헛간에서 아이를 출산하고, 지독한 허기에 마른 파뿌리를 뜯어 먹을 정도로 봉염 어머니와 딸 봉염의 처지는 비참하다. 나락으로 떨어지는 삶을 구하기 위해 발버둥 치지만 봉염 어머니는 딸 봉염도, 새로 낳은 아이도 모두 잃고, 목숨을 걸고 국경을 오가야 하는 소금 밀수업자의 자리로 내몰린다.

❦

「지하촌」의 주인공 칠성은 장애를 안고 태어났지만 제대로 된 치료 한번 받아 보지 못한다. 그는 거미줄에 매달린 물방울을 보면서도, 댑싸리나무를 보면서도 저것이 약이 되지 않을까 생각한다. 뭐든 먹고 삼키면 기적처럼 몸이 나을지도 모른다는 기대를 떨치지 못하는 것이다. 칠성에게 장애란 사랑도, 미래도 모조리 앗아 가는 도저히 극복할 수 없는 거대한 어둠이기 때문이다.

❦

「마약」의 보득 어머니에게도, 「어둠」의 영실에게도 삶은 힘겹고 고되긴 마찬가지다. 이들의 생활은 좀처럼 나아질 기미가 없으며 오히려 매일 조금씩 더 무너지는 중이다. 이들에게는 자신에게 닥치는 불행과 맞설 힘이 조금도 남아 있지 않다. 그러므로 이들은 무엇이든 오는 대로 받아들이고, 할 수 있는 한 견딜 수밖에 없다.

⚡

불운은 어떤 예고나 복선 없이 들이닥친다는 사실. 그 자그마한 돌멩이 같은 것이 결국 삶을 송두리째 뒤바꿔 놓을 수도 있다는 사실. 삶이라는 것이 이토록 아슬아슬하고 위태롭게 지탱되고 또 지속되고 있다는 사실은 서글픔과 안타까움을 넘어 공포와 두려움마저 느끼게 한다.

⚡

"돈? 돈만 있으면 뭐든지 다 할 수가 있구나. 그 비싼 소금도 맘대로 살 수가 있는 돈. 그 돈을 어째서 우리는 모으지 못했는가."(「소금」에서)

⚡

「소금」에서 봉염 어머니는 생각하고,

⚡

"그까짓 놈들이 돈만 알지 뭘 알아."(「지하촌」에서)

⚡

「지하촌」에서 칠성의 어머니는 말한다.

⚡

강경애 소설 속 인물들은 자신들을 불행하게 하는 것이 가난이라는 사실을 잘 안다. 자신들을 벗어날 수 없는 붉은 속에 가둔 것이 빈곤이라는 점을 모르지 않는다. 이들에게 가난과 빈곤은 추상적이고 상대적인 개념이 아니라 목숨을 위협하는 어떤 것이고 삶을 죽음보다 힘겹게 하는 원인이다.

⸸

이것이 1930년대 강경애 작가가 우리에게 전해 주는 이야기다.

⸸

외부에서 달려드는 것들로부터 아무런 보호막도 만들 수 없는 사람들. 그것을 피하는 방법을 배우지 못한 이들. 이들의 이야기가 2019년에 사는 우리 사회와 전혀 무관한 일이라고 말할 수 있을까. 가난과 빈곤은 개인의 무능에서 비롯되고, 그러므로 언제까지나 우리에겐 아무런 책임도 책무도 없다고 여겨도 되는 걸까. 어쩌면 작가가 묻는 건 오늘날에도 유효한 그런 질문인지도 모른다. 불행은 누구에게 오는가. 불행은 그것을 피할 수 없는 사람에게 온다.

수상쩍은 발명품의 매력

「다나자키 준이치로 선집」을 읽고

윤아랑

"활동사진이 진정한 예술로서, 예컨대 연극, 회화 등과 동등한 예술로서 향후 발달할 전망이 있는가, 라고 묻는다면 나는 물론 그렇다고 대답하겠다. 그리고 연극이나 회화가 영구히 사라지지 않듯이 활동사진 또한 불멸하리라고 믿는다. 사실대로 말하자면 나는 오늘날 도쿄 어느 극장의 연극보다도 활동사진을 훨씬 사랑하며, 그중 어느 부분에서는 가부키극이나 신파극과 견줄 수 없는 예술적 아름다움을 발견한다. 다소 극단적일지도 모르나, 서양 영화라면 아무리 짧고 시시하더라도 현재 일본 연극보다 훨씬 재미있다."

윤아랑

감히 이리 단언하고 있는 이는 대체 누구인가 하고 살펴보면 1917년의 다니자키 준이치로, 그러니까 아직 "대다니자키(大谷崎)" 타이틀을 획득하기 이전의 젊은 모더니스트 소설가 다니자키 준이치로다. 저 문장들이 포함된 「활동사진의 현재와 장래」를 포함해 「영화 잡감」, 「영화 감상: 『슌킨 이야기』 영화화 무렵에」 등 작년 초 쏜살 문고의 「다니자키 준이치로 선집」 마지막 책으로 출간된 『음예 예찬』에 수록된 세 편의 영화 에세이에서, 우리는 저 도발적인 단언에 걸맞게 영화의 당대적 위상을 짚(고 꼬집)으며 초기 영화의 성숙기이자 영화 이론의 첫 개화기에―1917년은 루이 델뤽이 본격적 영화 비평을 시작한 해이며, D. W. 그리피스의 '말 그대로' 기념비적 대서사시 「불관용(Intolerance)」이 일본에서 개봉하기 아직 2년 전의 일이라는 점을 유념해 주시길 바란다.―일찍이, 그것도 동아시아에서 영화의 미적 가치를 간파하고 거기에 투신한 예술가로서의 다니자키를 만난다.

⸮

앞의 문장엔 조금의 과장도 없다. 가령 초기 영화의 사진적 사실성과 그 서사적 허구성을 함께 예찬하는 대목에선 영화의 거짓성(앙드레 바쟁과 그를 위시한 프랑스 철학자들)이나 '기술적 상상

계'(프리드리히 키틀러) 등의 개념들이 절로 떠오르며, 영화에는 색채는 물론 변사나 음향도 불필요하다고 말하는 대목에선 "영화로 하여금 현실의 정확한 재생이 되지 않게끔 하는 바로 그 고유한 영역"이야말로 곧 영화의 가능성(루돌프 아른하임, 『예술로서의 영화』)이라는 주장이 묘하게 아른거린다. 거기다 약 2년이라는 짧은 기간 동안 다이쇼 영화사에 문예 고문으로 재직하면서, 맥세네트 스타일의 미국 슬랩스틱 코미디와 당시 최신의 편집 테크닉을 일본 문화에 이식하려 한 선구작 「아마추어 클럽(アマチュア倶楽部)」을 비롯한 몇 편의 영화 제작에 참여하고, 일본 영화 제도의 서구적 표준화를 목적으로 둔 '순영화극운동'을 진행하는 등 초기 일본 영화사에서 적잖은 역할을 수행했으니, 세계사의 관점에서 보아도 그의 행보는 이례적이고 선구적이었다고 할 수 있을 테다. (물론 「영화 감상」에도 쓰여 있듯 갈수록 영화와 멀어지긴 했지만 이는 다른 맥락에서 논할 문제다.)

⁑

하지만 다니자키의 에세이에서 영화 이론의 원시적 형태를 길어 내는 건 (구미가 당기는 기획이긴 해도) 이 글이 하려는 일은 아니다. 혹은 다니자키가 당대 일본 영화와 '실제로' 어떤 관계를 맺었는지를 알고 싶다면 그에 대한 김태현 교수의 논문들을 참고하는 게 도움이 될 터다. 내게 『음예 예찬』에서 특히나 흥미로운 점은 다니자키 준이치로가 영화의 성질을 논할 때 마치 자신이 영화에 매혹된 지점을 고백하듯이 썼다는 사실이다. 좀 더 직설적으로 물어보자면, 다니자키는 어째서 영화에 매혹되었을까? 다시 「활동사진의 현재와 장래」로 돌아가보자. 의견의 발화자가 다름 아닌 다니자키 준이치로라는 사실을 중점에 둘 때 인상적인 대목은 다음이다.

꿈

"어느 장면 중 일부를 도려내어 크게 비춘다는 것, 즉 디테일을 나타낼 수 있다는 점이 얼마나 연극의 효과를 강화하고 변화를 돕는지 모른다. (……) 나는 활동사진에서 '클로즈업'된 얼굴을 바라볼 때 특히 이런 느낌을 강하게 받는다. 평생 눈치채지 못하고 그냥 지나쳤던 인간의 용모나 육체의 각 부분이, 말로 설명할 수 없는 매력을 지닌 채 새삼스럽게 다가옴을 느낀다."

꿈

훗날 (클로즈업을 특권적 영화 형식으로 규정한 시초로 기억되는) 벨라 발라즈와도 공명하는 이러한 고찰에서 나는 그의 '공식적'인 초기 단편이자 대표작 중 하나인 「문신」의 한 장면으로 되돌아간다. "세이키치의 시선 속으로 문득 요정 앞에 대기하고 있던 가마가 들어와" (다니자키 특유의 페티시 오브제인) 여자의 발을 발견하고서 거기에 사로잡히는 순간으로.

❦

"주렴이 드리워진 그늘 사이로 여인의 새하얀 맨발이 드러나 있었다. 예리한 그의 시선에는 사람의 발이 얼굴과 똑같이 복잡한 표정을 가진 것으로 비춰졌는데, 그 여인의 발은 고귀한 살갗으로 이루어진 보석처럼 느껴졌다. 엄지에서 시작해서 새끼로 끝나는 가지런한 다섯 발가락의 섬세함, 에노시마 해변에서 캐낸 연한 선홍빛 조개에도 뒤지지 않을 발톱의 색감과 구슬과도 같은 발뒤꿈치의 완곡미, 그리고 바위틈에서 새어 나오는 맑은 샘물이 항시 발치를 씻어 내고 있다고 착각할 만한 윤기."

❦

흘러넘치는 듯한 환희감의 묘사는 그저 시각에 기댄 채 감상을 절절하게 나열하고만 있지는 않다. 저 문장들은 마치 코앞에서, 아주 오랜 기간, 정성스럽게 발을 훔쳐보았다는 듯이 세밀하게 전개되고 있기는 하나, 발의 주인의 얼굴을 보기 위해 가마를 잠깐 뒤쫓았다는 문장이 곧장 붙음을 볼 때 현실적으로 그러지 못했음을 짐작할 수 있다. 거리도 시간도 (그리고 이후에 알 수 있듯) 이성도 초과하는 불가능한 시선, 과잉을 넘어 초인간 내지는 비인간적이기까지 한 주관적 시선 묘사. '소설의 시각적 전환'이라는 좁고 뻔한 역사적 분석틀은 이 앞에서 무력하다. 이 광경은 대체 어떻게 가능할까? 그 시선이 세이키치로부터 잠시 찢어졌기 때문이다. 아름다운 발을 포착하려는 의지로 자기 근원으로부터 떨어져 나와서 자율적 힘을 얻은 세이키치의 시선은, 그럼으로써 발을 고도로 세세히 포착해 낼 뿐만 아니라 이 대상에 대한 세이키치의 심리를 '사로잡힘'으로 강제해 버리기까지 하는 것이다. 악마적인, 아니 아예 악마화된 응시.

응시? 시선과 달리 응시는 바라봐지는 대상을 대상화하는 동시에 바라보는 주체 역시 대상화한다는, 대상화의 필연성에 대한 자크 라캉의 교훈을 떠올린다면, 앞서 '시선'이라 불렀던 현상들은 이 지점에서 '응시'로 전환된다. 그런데 생각해 보면 이는 지난 시대의 수많은 비평가와 이론가 들이 예찬했던 카메라의 역능/역할과 거의 포개지지 않는가. 다니자키 자신이 『영화 잡감』의 말미에 (「실크 인더스트리」라는 '평범한' 영화에 대한 감상을 쓰며) 암시했듯, 카메라가 우리의 시선으로는 포착 불가능한 우리 세계의 물질적 단면을 '자동적으로' 잘라 내고 변환해 그것을 특정한 시간의 흐름 속에서 이미지로 제시할 때 거기엔 우리가 알면서도 알지 못하는 세계의 생경함이 압축되어 있다. 종종 머리통이 잘린 채로 붙어 있기도 하고, 몸이 손의 부속물이 되기도 하며, 갈 곳 잃은 눈동자에 어마어마한 비밀이 섞이기도 하는, 인과의 기묘한 역전이 일어나곤 한다. 요컨대 둘 사이의 핵심적 공통점은 내 응시가 순전히 내 응시가 아니게 될 때 비로소 가능해지는 '이상한' 인식에 있다.

그렇다면 다니자키가 영화에 일찍이 매혹된 까닭은, 다름 아니라 자신의 무의식에 이러한 영화의 성질이 강렬히 동했기 때문일지 모른다. 「문신」의 세이키치를 비롯한 다니자키의 매저키스트들이란 모두 자기를 넘어선 응시로 인해 마주친, 생경함을 간직한 (지극히 비유기적인 몸의) 이미지에 완전히 사로잡힌 이들이자 바로 그로 인해 피학 성향을 지닌 자신을 마침내 발견하고 발현하는 이들이다. 다시 다니자키 본인의 말을 빌리자면 "평생 눈치채지 못하고 그냥 지나쳤던 인간의 용모나 육체의 각 부분이, 말로 설명할 수 없는 매력을 지닌 채 새삼스럽게 다가옴"을 너무 강렬히 느껴서 도

착의 수준에 이른 이들.(그러나 적어도 지금 시대
에 보자면 영화에서 클로즈업이란 카메라의 그런
역능/역할의 극단적인 한 사례일 뿐이다.)

↓

『치인의 사랑』에서 조지가 나오미(의 정신)에 실
망했음에도 갈수록 나오미를 애모하는 이유가 나
오미의 몸 때문인 건 예사로, 「후미코의 발」에서
는 후미코 본인보다 발이 더 아름다운 대상으로
취급받아 남자들은 그것에 얼굴을 밟히며 쾌감을
느끼고, 『무주공 비화』의 호시마루는 미녀들에게
희롱당하는 수급(의 이미지)에 질투를 느껴 무수
한 적군의 목과 코를 잘라 취한다. 『시게모토 소
장의 어머니』에 등장하는 남자들이 똥을 찍어 먹
어 보고 시체를 보러 돌아다녀 봐도 결국 대상에
대한 정념을 떨치지 못하는 사태 역시 마찬가지이
며, 아예 『미친 노인의 일기』에 이르러선

↓

""어때? 이 얼굴?"

"참, 뭐라 말할 수 없이 늙고 추한 얼굴이군."
나는 거울 속의 얼굴을 보고 난 다음 사쓰코의 자
태를 보았다. 아무리 봐도 이 둘이 같은 종류의 생
물이라고는 믿기지 않았다. 거울 속 얼굴을 추악
하다고 생각하면 할수록, 사쓰코라는 생물은 더욱
더 한없이 우수해 보였다. 나는 거울 속 얼굴이 더

추악해지면 사쓰코가 지금보다 더 우수해 보였을
텐데 하며 유감스러워했다."

이렇게 화자인 노인이 "거울 속의 얼굴"을 자기
얼굴로 지칭하지 않으며 자신(의 이미지)까지 타
자화하는 광경마저 펼쳐진다. 주관적 판단에 있
어 '나'라는 항이 잠시 지워지면서 역산적으로 번
역되는 건, 문장의 설명적 작용을 보충하는 대신
그 희유한 물질성으로 깊이와 이성의 가능성을 앞
지르거나 중단해 버리는 이미지의 전복적 힘이다.
영화 경험에 대한 조르주 뒤아멜의 저 (발터 벤야
민으로 인해 유명해진, 그러나 말만 놓고 보자면
아도르노에 더 가까워 뵈는) 경구, "내가 원하는
것을 나는 벌써 생각할 수 없다. 움직이는 이미지
가 나만의 생각을 대체해 버린다." 누군가는 여기
서 간단하게 (부정적 의미에서의) 충격 효과를 떠
올릴지도 모르나, 그 앞에 숭고한 내면/영혼 따
위로 환원되지 않으며 사고의 정합성이라는 테크
놀로지를 뒤흔드는 비사유의 이미지가 있음을 (그
리고 영화가 그 방향으로 순조로이 발전하지도 않
았음을) 잊어선 안 된다. 그리고 바로 이 사실에
기초해, 매저키스트들은 보면서 보여지는 존재로
성립되는 것이다. "모든 문학과 모든 예술은 모두
다 인간의 육체미에서 시작하는 것"이라는,『금빛

죽음』의 주인공 오카무라의 주장을 이 맥락에서
다시 생각할 수도 있으리라.

한데 저들만이 보면서 보여지는 존재인 건 아니
라, 『치인의 사랑』, 『만』, 『슌킨 이야기』 같은 작품
이 시사하듯 매혹적인 대상 역시 그저 고상하게
시선을 받기만 하지 않고 자신을 그 위상에 계속
올려놓기 위해―달리 말해 시선을 계속 받기 위
해 무진 애를 쓴다. 왜냐하면 수용자의 시선 없이
는 이미지에 어떤 힘이나 의미도 생성할 수 없음
을 매혹적 대상들 모두가 본능적으로 알고 있기
때문이다. 애초부터 이미지에 내재적으로 마련된
시선의 자리. 즉 이미지도, 응시도 근본적으로 매
저키스트들을 필요로 하며, '나'를 넘어서는 것들
조차 '나'의 선택으로 수렴한다. 직접적 애무나 섹
스 묘사가 거의 부재할 때조차 우리가 다니자키
의 작품에서 기괴한 에로티시즘을 느낄 수 있는
까닭은 다니자키가 육체에 대한 세밀한 묘사나 변
태적 페티시에 몰두하며 몸의 현전성을 우리에게
전달하려 애써서가 아니라, 이렇게 몸(의 이미지)
을 매개로 해서 응시가 그 자신을 이루는 요소들
의 관계 사이의 역학을 조절하는 프로세스를 조금
의 순화 없이, 적나라하게 풀어내서다. 그 점에서
다니자키는 흔히 생각되는 바와는 달리 지극히 윤

리학적 소설가라 해야 한다. 다만 교훈적이지 않
을 뿐.

↧

이쯤에서 다니자키가 20세기 초의 '젊은 모더니
스트 소설가'라는 사실을 다시금 떠올려 보자. 미
학에 있어 모더니즘이 무엇보다 '인간적인 것'으
로부터 형식을 최대한 분리하고자 한 흐름임을 염
두에 두니, 다니자키의 소설들이 이제는 영화를
비롯한 19세기 말~20세기 초의 근대적 시각 체
계가 인간 주체의 지각을 바꾼 방식을 은유로써
육화한 우화의 계열로도 보이기 시작한다. 그렇다
면 욕망의 주체가 대상에게 욕망을 투사/공여해
그것에 모욕당하고 굴복하며 안정을 찾곤 하는,
곧 전주체적인 욕망을 주체의 이해 안에서 긍정하
는 다니자키의 욕망의 구도가 성립될 가능성은 그
전제로 깔린 응시의 구도에 달려 있다고 봐야 하
리라. (『만』에서부터 본격적으로 형식화되어 종종
장편 소설에서 시도되었던 다중 시점의 교차는 어
쩌면 이에 대한 한층 직접적인 접근 방식이 아니
었을까?)

↧

그런데 시각이 잠시 마비되는 대신 청각의 관능성
이 활성화되는 「소년」부터 아예 주인공이 맹인이
되길 자처하는 『슌킨 이야기』에 이르기까지 그의

작품군에 인물의 시각이 제 기능을 잃는 이야기들이 몇몇 끼어 있음은 도대체 어떤 의미인가? 응시를 핵심 개념으로 계속 끌고 간 앞의 논의대로라면 이 작품들은 일탈이거나, 아니면 논의를 부정하는 '얼룩' 같은 사례일 터다. 아니, 종종 그저 비유처럼 쓰이곤 하는 "시각의 촉각성" 같은 수사를 멀게는 알로이스 리글처럼, 가까이로는 비비안 숍첵이나 제니퍼 M. 바커 등의 현상학적 영화 이론가들처럼 말 그대로 받아들인다면, 그래서 특정한 지각이 각각의 감각들의 협업으로써 형성됨을 인지한다면, 다니자키가 이미지와 마주치는 데 있어 특권적 역할을 수행해 온 시각의 절대성에 몰두해 왔지만 동시에 그 절대성을 해체하려고도 시도했음이 뚜렷하게 드러나리라. 이미지에 대한 마주침의 가능성은 시각뿐만 아니라 청각이나 촉각에도 편재하고, 이미지의 힘은 '가시적'인 것을 초과한다. 다니자키 준이치로는 이 사실에 더없이 예민하고 충실하다. 그리고 그렇게 다니자키는 자기도 모르게 '영화는 무엇보다 시각 예술'이라는 순박한 이상의 이상을 향해 일찍이, 홀연히 빠져나간다.

❭・❭・❭・❭・❭・❭・❭・❭・❭・❭・❭・❭・❭・❭・❭・❭・❭・❭・❭・❭

영화를 소설로 번역할 때 일어나는 일

『걸어도 걸어도』를 읽고

이병현

⊖ 영화 평론가

영화계에서 감독이 각본까지 맡아 오리지널 시나리오를 기반으로 영화를 제작한다는 것은 한국에서는 이미 하나의 관행이 되었고, 어떤 면에서는 이른바 '작가주의'를 보증하는 수표가 되기도 했다. 그런데 실상 대부분의 나라에서 이는 그리 흔한 일이 아니다. 어느 나라 영화건 감독이 각본까지 맡기보다는 분업하는 형태가 많다. 또 일본의 경우, 그중에서도 '오리지널 시나리오'보다는 '원작 기반 시나리오'가 압도적으로 많다. 꾸준히 오리지널 시나리오를 기반으로 영화를 내는 감독 중 하나인 고레에다 히로카즈도 본인의 장편 영화 데뷔작은 미야모토 테루의 소설을 원작으로 삼은

「환상의 빛」이었다.

❧

물론 이러한 사실 자체에 어떤 중대한 의미가 있지는 않다. 평생 각본을 본인의 손으로 쓰지 않고, 심지어 그 각본이 전부 소설 원작이라고 해도 충분히 '작가'라는 호칭을 달 수 있는 것이 영화감독이다. 다만 고레에다 히로카즈의 독특한 점은 영화를 원작으로 한 소설을 다섯 권이나 써냈다는 부분일 터다. 이는 와세다대학교 문학부 문예학과를 졸업하고, 한때 소설가를 지망했던 그의 이력과도 무관하지 않은 것으로 보인다.

❧

이쯤에서 궁금해지는 것은 다음과 같다. 고레에다 감독은 왜 이제 와서 소설을 쓰기 시작했을까? 다시 말해, 이미 영화로 완성된 이야기를 굳이 소설로 '다시' 쓰는 이유는 무엇이며, 영화를 이미본 관객들이 영화를 보고 나서 소설을 읽어야 할 이유는 무엇인가?

❧

ⓐ말하기와 보여주기ⓐ

「고잉 마이 홈」과 「태풍이 지나가고」로 이어질 '료타(아베 히로시) 삼부작'의 첫 번째 영화인 『걸어도 걸어도』는 부드러운 배경 음악, 따사로운 햇살 가득한 미장센과는 상반되게 처음부터 끝까지 어딘가 서늘한 기운이 스며 있는 영화다. 스토리라인은 간단하다. 주인공 료타는 어느 여름날 죽은 형을 기리기 위해 본가로 돌아간다. 단지 이번 방문은 평소와 다를 뿐이다. 교제 중인 여성 유카리와 유카리의 아들 아쓰시, 이 둘과 함께 내려가기 때문이다. 친아버지의 죽음을 곱씹고 있는지 나이답지 않게 조용한 아쓰시가 료타는 못내 어색하다. 누나네 가족까지 찾아와 왁자지껄한 집 안에서 가족은 함께 밥을 먹고 뼈 있는 말을 주고받는다. 사건이 벌어지는 주요 공간은 낡은 목조 주택, 주어진 시간은 단 1박 2일. 소설이라면 단편이면 충분하겠다 싶은 경제적인 영화다.(배우 출연료를 제외하면.)

↕

시간과 공간이 잘 짜인 이 영화에서 드물게 야외 촬영된 장면들이 있다. 성묘 장면과 산책 장면이다. 전자는 작중 중반부에 나오는 것으로, 료타, 유카리, 아쓰시 그리고 료타의 어머니가 함께 료타의 형 무덤에 찾아가는 장면이다. 바다가 보이는 공동묘지, 네 사람은 땀 흘리며 올라와서 마침내 무덤 앞에 선다. 그리고 어머니가 묘비에 물을 붓는다. 다른 세 사람은 그 모습을 합장하고 지켜본다.

↕

이때 등장하는 클로즈업은 아마도 「어느 가족」의 심문 신(scene) 전까지 고레에다의 가장 잔인한 클로즈업이었을 것이다. 카메라가 아쓰시의 얼굴을 비춘다. 아이는 물을 붓는 할머니와 묘비를 번갈아서 쳐다본다. 언덕을 올라오느라 살짝 땀에 젖은 앞머리 아래 깊게 파인 눈동자가 흐르는 물방울을 따라 아래로 향한 뒤 다시 올라올 즈음, 카메라는 재빨리 뒤로 빠져서 네 사람의 모습을 풀숏으로 잡는다. 섣부른 추측이나 감정 이입을 차단하는 편집이다. 관객들은 도무지 저 작은 아이의 머릿속을 '좀처럼 상상'할 수 없는 곤란한 상황에 처한다. 이 짧은 장면에서 두 개의 죽음이 교차하고 있다. 하나는 아버지의 죽음이고, 다른 하나는 자식의 죽음이다. 물론 후자는 료타에게 있어서도 형의 죽음이지만, 분명 이 장면에서 공명을 이루는 쪽은 료타가 아닌 아쓰시와 어머니다.

ı

책에서 이 장면은 다음과 같이 묘사된다.

ı

"그런 어머니의 모습을 아쓰시가 유카리 옆에서 물끄러미 바라본다. (……) 우리 어머니의 모습을 어떤 마음으로 보고 있을까. 그 표정에서는 좀처럼 상상이 되지 않았다."

ı

여기서 화자가 느끼는 심정은 영화 관객인 우리가 느끼는 것과 완전히 동일하다. 우리는 아이의 시선과 표정에서부터 여러 가지 감정을 느낄 수 있다. 그중 하나가 소설에서도 화자가 누차 묘사한 어머니의 광기 어린 집착에 관한 '섬뜩함'일 테지만, 이 장면에는 그러한 단언으로 '100퍼센트' 환원되지 않는, "목소리가 되지 못한 말들, 언어화되지 못한 이야기들"이 복합적으로 담겨 있다. 이것이야말로 영화라는 '보여 주는' 예술이 할 수 있는 가장 아름다운 인물 제시 방법이라고, 나는 생각한다.

꽃

소설 『걸어도 걸어도』는 「블루라이트 요코하마」라는 노래에 담긴 진실이 드러나느냐 드러나지 않느냐 정도의 차이를 제외하면 영화와 같은 흐름을 갖고 있다. 단지 소설에는 중간중간 삽입되는 곁다리 격 플래시백과 플래시포워드 장면들이 꽤 있다는 차이만 있을 뿐이다. 정보량이 더 많다는 것, 그 또한 확실히 소설이 영화와 비교해서 가지는 하나의 장점인지 모른다. 그런데 내가 소설을 읽으면서 감탄했던 부분은 이를테면 다음과 같은 구절들이다.

꽃

"나는 아까 뽑혀 버린 해바라기를, 그 눈부실 정도로 짙은 노란색 꽃을 바라봤다. 어머니는 마뜩

잘아했지만 나는 반대였다. 그다지 길지는 않았던 형의 인생에도 우리가 모르는 누군가가 분명 있어서, 그 누군가에게는 우리가 알지 못하는 형이 존재하고 있을 터다. 어쩌면 형은 그 사람에게 "해바라기를 좋아한다."라고 말했을지도 모른다."

위에서 언급한 클로즈업 직전에 나오는 이 장면은, 영화에서는 거의 지나가듯 나온다. 비지땀을 흘리며 묘지에 도착한 네 사람은 무덤에 이미 누군가 헌화한 것을 발견한다. 료타 어머니는 단호한 손놀림으로 그것을 뽑아 버린다. 영화에서 료타는 그것을 보고 잠시 놀란 기색이지만 이내 손을 모으고 선다. 단지 그뿐이다. 그런데 뜻밖에도 소설은, 영화에서 스쳐 가는 장면을 두고 주인공이 이런 상념에 빠지는 순간을 묘사한다. 가족이라는 테마가 지배적인 작품에서 가족 외부에 있는 사람이 호의적으로 표현되는 것도 생경한 일이고, 무엇보다 이 안에 일말의 진실이 담겨 있는 듯하여 유난히 마음에 와닿는 구절이었다. 실험 영화가 아니고서야 카메라로는 붙잡기 힘든 어떤 개념, 언어를 통해서만 끄트머리나마 붙잡을 수 있는 추상적 개념은 오직 소설로만 표현 가능한 것 같다. 한 발짝 떨어져서, 속도를 조절하며, 이야기를 조금 더 내면화하는 과정을 거친다는 것이 영화와 비교했을 때 소설이라는 매체가 가진 강점이라면, 분량상 장편보다는 중편에 가까운 『걸어도 걸어도』라는 소설은 이를 잘 활용하는 모범적인 문학이라 할 수 있겠다.

↕

이처럼 매체 특정적 강점이 잘 살아 있는 작품들이지만 소설과 영화는 상호 보완적이기도 하다. 소설을 읽고 영화를 다시 보면 해바라기에 담긴 의미가 새롭게 다가올 수 있다. 영화에서 해바라기가 얼마나 배경처럼 사소하게 지나가는 소품인지 알고 나면, 소설이 다시 보일 수도 있으리라. 해바라기라는 소품과 더불어 내가 소설과 영화에서 유심히 보길 권하는 키워드는 바로 육교다. 영화에서는 료타 아버지 캐릭터를 소개하는 도입부 장면에서 한 번, 그리고 종반부에 료타, 아쓰시, 료타 아버지가 육교를 건너 해변을 산책하는 장면에서 한 번, 총 두 번 나오는 장소다. 첫 번째 장면에서 아버지는 육교를 건너가지 않고 저 멀리 있는 해변을 바라만 본다. 소설에서 밝혀지는 사실은, 다름 아니라 이때 아버지가 바라보는 그 해변이 료타 형이 죽은 장소였다는 것이다. 그렇다면 대수롭지 않아 보였던 첫 번째 장면도 새롭게 해석될 여지가 있다.

↕

고레에다 히로카즈는 자신의 소설 쓰기 행위에 대해 다음과 같이 설명한 바 있다.

↓

"소설 『원더풀 라이프』는 같은 이름의 영화가 기본이지만, 단지 영상을 문자로 옮겨 놓은 것은 아닙니다. 각본에 살을 붙여 부풀린 것도 아닙니다. 이번에 제가 하고 싶었던 것은 영상을 활자로 정착시키는 것이 아니라, 영화라는 형태로 일단 부풀어 오른 「원더풀 라이프」의 모티프를 활자라는 영역으로 다시 해방하는 것이었습니다. 그러므로 독자 여러분께서는 이 소설을 그 자체로 독립된 작품으로 읽어 주셨으면 합니다."

↓

고레에다의 설명은 내게 벤야민의 '번역' 개념을 떠오르게 한다. 레이 초우는 말했다. "벤야민에게 번역 행위는 (……) 제2의 언어에서 다른 어떤 것을 나타내는 '의도'의 해방"이라고. 그리고 그는 벤야민의 글을 재인용한다. "번역자의 과제는 번역자 자신의 언어에서 다른 언어의 마법에 걸린 순수 언어를 해방하고, 작품 속에 갇힌 언어를 그 작품의 재창조를 통해 해방하는 것이다." 고레에다는 '걸어도 걸어도'라는 하나의 모티프를 각각 영상과 문자로 번역해 냈다고 말할 수 있지 않을까. 영상과 문자라는 '오리지널' 언어에 갇혀 있던 의도들이, 서로의 영역을 넘어서 활발히 움직이고 있다. 답답한 집 안에서 오랜만에 벗어난 것처럼 해방감이 느껴지지 않는가?

>+ >+ >+ >+ >+ >+ >+ >+ >+ >+ >+ >+ >+ >+ >+ >+ >+

울프와 함께 흘러가기

『런던 거리 헤매기』를 읽고

권민경

⊜ 시인, 『베개는 얼마나 많은 꿈을
견뎌 냈나요』의 저자

좋아하는 작가의 논픽션 산문을 읽는 일은 특별하
다. 작가와 조금 더 가까워지는 느낌을 받기 때문
이다. 산문집 『런던 거리 헤매기』를 읽다 보면, 버
지니아 울프라는 작가가 지적이면서도 친근한 얼
굴로 우리에게 다가온다.

자기 전에 읽으려고 침대 머리맡에 둔 책을 일컫
는 단어는 없다. 임의로, 그것을 '머리말 책'이라
부르자. 『런던 거리 헤매기』는 꽤 오랫동안 나의
'머리말 책'이 되어 주었다. 짧은 호흡이라 언제든
읽기 좋았고, 그만큼 부담 없이 내려놓기에도 좋
았다. 잠 그리고 꿈이라는 산책을 나서기 전에 읽

을 만한 흐름(flow)를 갖고 있는 책이라 '머리말
책'의 역할을 했는지 모른다.

꩜

산책은 산책자를 채워 준다. 생각을 하게 하고, 또
반대로 생각을 없애 주기도 한다. 산책은 쉼이며
동시에 활동이다. 산책은 필연적으로 공간성을 띤
다. 어떤 공간을 걸으면서 보고 느끼고 생각하기
는 높은 확률로 배경에 영향을 받는다. 그러므로
산책은 현실에 단단히 발붙인 일이다. 사람이 많
거나 적은 곳, 개가 많거나 적은 곳, 강이 있거나
없는 곳, 숲이 우거지거나 황량한 곳, 어둡거나 밝
은 주위는 산책자에게 모두 다른 영향을 끼친다.

꩜

『런던 거리 헤매기』에 실린 16편의 산문이 막연
하지 않고 공감을 얻었던 이유는 바로 확실한 배
경을 갖기 때문이다. 이 책에는 구체적인 장소가
많이 나온다. 런던 거리나 광장, 브론테 자매의 고
향 하워스, 스페인 안달루시아 지방의 여관, 트레
베일이라는 습곡 등의 지역뿐 아니라 서재, 침실,
아버지의 방, 위인들의 집, 런던 부인의 집 등이
글의 주요 배경이다. 그로 인해 현재의 우리들 또
한 과거 작가―버지니아 울프의 세계로 발을 들
여놓는 듯한 경험을 한다.

꩜

울프는 사람에 대해 이야기할 때에도 마치 하나의 장소에 대해 이야기하듯 한다. 있는 힘껏 그 안(사람)에 들어 있는 것에 대해 묘사한다.

↓

"새로운 방에 들어가는 것은 늘 모험이다. 그 주인의 삶과 성격에서 나오는 기운이 농축되어 방에 스며들었기 때문이다. 방에 들어서면 우리는 밀려오는 새로운 감정의 파도에 맞선다."(「런던 거리 헤매기」에서)

↓

장소와 사람이 모두 '공간'이 되는 경험은 퍽 새롭다. 방—장소에는 사람의 기운이 농축되어 있으며, 역으로 사람도 하나의 장소와 같은 역할을 한다.

↓

"그 방은 여러분의 것이지만, 아직 휑하니 비어 있습니다. 그곳에 가구를 비치하고 장식하고 공유해야 합니다. 여러분은 어떻게 가구를 비치하고 어떻게 장식할까요?"(「여성의 직업」에서)

↓

위 문구도 두 가지로 읽힌다. 여성의 방을 어떻게 꾸밀 것인가에 대한 이야기, 여성의 내면을 어떻게 꾸밀 것인가에 대한 이야기.

↓

사고의 과정은 눈에 보이지 않는다. 다만 좋은 글

권민경   177

이 그 일부를 보여 줄 수는 있다. 작가의 생각이 어떤 골목에 닿았다가 어떻게 빠져나오는지, 갈림 길에서 어느 방향으로 향하는지, 그런 발걸음을 함께하는 것이 이 책을 읽는 과정이다. 작가의 사고, 성찰의 과정을 따라가는 지적인 산책이라 할 만하다.

❦

이 지적인 산책의 큰 장점이라면, 잠언적 느낌이 없다는 것이다. 만약 버지니아 울프의 글에서 어떤 잠언의 느낌을 받았다면 나는 꽤나 실망했을지 모른다.

❦

"각각의 삶을 살짝 뚫고 들어가서, 자신이 단 하나의 마음에 묶여 있지 않고 다른 사람의 몸과 마음을 잠시 몇 분간 입어 볼 수 있다는 환상을 품을 수 있으리라." (「런던 거리 헤매기」에서)

❦

그러니까 책 읽기는 "다른 사람의 몸과 마음을 잠시 입어 볼 수 있다는 환상을 품"는 일일 것이다. 그 일은 작가가 들려주는 생각의 흐름을 쫓다 보면 자연스레 일어난다. 버지니아 울프는 우리를 이러한 산책에 초대한다. 우리는 울프와 함께 흘러간다.

▸ ▸

되고 싶은 사람

『뭔가 유치하지만 매우 자연스러운』을 읽고

정기현
⊜ 편집자

종종 내가 되고 싶었던 사람들에 대해 생각한다. 되고 싶었던 사람들의 머리 스타일, 옷차림, 그들이 신고 다닐 만한 신발에서부터 시선, 여행하는 방식, 산책의 빈도, 자주 읽는 책, 좋아하는 작가, 그 모든 것에 걸쳐서. 되고 싶었던 사람이 되는 것은 거의 불가능에 가까워서 나는 단 한 번도 성공을 거두지 못하고, 그저 시도할 때마다 약간의 흔적들을 품게 되었다. 나는 몇 퍼센트의 주하(고등학교 친구)와 몇 퍼센트의 엄마 아빠, 또 몇 퍼센트의 회사 동료, 몇 퍼센트의 사랑하는 작가, 몇 퍼센트의 친구(우리 집 고양이), 몇 퍼센트의 남편……(계속)으로 이루어져 있다. 내가 무언가를 바라보고, 무언가에 대해 생각한다면 그건 곧 몇 퍼센트의 주하와 몇 퍼센트의 엄마 아빠, 몇 퍼센트의 회사 동료와 작가와 친구 그리고 남편……이 바라보고 생각하는 것이나 다름없다.

↕

캐서린 맨스필드가 서른넷밖에 안 되는 나이에 죽음을 맞았을 때 남긴 유언은 "나는 비를 좋아해. 내 얼굴로 비를 느끼고 싶어."였다. 멋지고 자유로운 말인 것 같아 작품과 함께 읽기에 좋으면서도 한 개인의 마지막 말이 이런 거라면 조금 슬픈 것도 같았다. 죽기 전 좋아한다고 고백한 게 비 같은 것이라니, 그리고 그것을 얼굴로 느끼고 싶다니 좀 기분대로 말하고 만 것 아닌가, 아무렇게나 뱉은 문장이 너무 오래오래 남아 있는 것은 아닐까. 맨스필드가 알면 좀 놀랄 수도 있겠다, 그런데 왜 이런 말을 했지…….

↕

캐서린 맨스필드의 단편집 『뭔가 유치하지만 매우 자연스러운』의 수록작 「진실한 모험」에는 브뤼주로 여행을 간 화자 '캐서린'이 등장한다. 캐서린은 여행 안내서에 적힌, 브뤼주를 수식하는 화려한 문장들을 읽으며 위안을 받는다. 그리고 문장대로 다짐을 한다. 안내서에 적힌 대로 브뤼주에 머무는 한 달 동안만은 꼭 꿈꾸는 듯 보내야겠

다 하고. 그러나 캐서린의 여행은 계속 새로운 문
제에 부딪힌다. 원했던 숙소에 자리가 없고, 다시
구한 숙소의 옆방에는 늦은 밤까지 떠드는 사람들
이 머물고 있으며, 시티 투어용 배의 동승자가 호
수에 빠지는 법석이 나고, 그 실수가 꼭 캐서린의
잘못인 것처럼 되어 버린다. 여행의 방향을 다시
바로잡고자 캐서린은 사람들로부터 벗어나 혼자
걷는다. 삼삼오오 모여 있는 화가들이 눈에 들어
오고, 거리는 다시 아름다워져서, 캐서린은 한결
나아진 기분으로 나무 아래 누워 새가 나는 모양
을 관찰한다. 그리고 그때, 낯선 도시 브뤼주에서
누군가 캐서린! 부르는 소리를 듣는다. 함께 학교
를 다녔던 친구 베티 싱클레어를 마주친 것이다.
베티는 캐서린을 만나자마자 요즘 여성 참정권 운
동에 힘쓰고 있는데 캐서린, 네 입장은 어떤지 대
답을 요구한다. 캐서린이 우물쭈물 고개를 젓자
그럼 지금이 기회라며 브뤼주 여행을 함께하자고
까지 요구한다. 캐서린은 베티가 쏟아 내는 말 앞
에서 그저 고개를 가로저으며 이곳 브뤼주에서는
뭔가 다른 것을 보고 싶었다고 생각한다.

캐서린이 브뤼주에서 보고 싶었던 것, 되고 싶었
던 것은 캐서린 맨스필드의 유언과 비슷한 소망
이었던 것 같다. 나는 이걸 좋아하는데, 어떤 다른

영향도 없는 곳에서 온전히 그것을 느끼고 싶다는 꿈. 그 꿈에 닿기에 캐서린은 출발부터 잘못되었다. 여행 안내서의 문장대로 꿈을 꾸고 다짐한다면 그 꿈이 이뤄지더라도 캐서린의 것이 아니라 안내서의 것일 테니까.

☀

죽은 사람은 원하는 모든 것을 아무렇게나 해 볼 수 있을 테니까 캐서린 맨스필드는 좋아하는 비를 마음껏 얼굴로 느끼며 지내고 있을 것이다. 그런 맨스필드의 모습을 떠올려 볼 수 있는 작품이 있다. 「펄 버튼이 어떻게 유괴되었는지에 관하여」에 등장하는 소녀, 펄 버튼은 어느 날 집 앞에 서 있다가 처음 만나는 여자 둘과 인사를 나눈 뒤 동행하게 된다. 종이 상자처럼 똑같은 집이 늘어선 마을에 사는 펄 버튼과 달리, 여자들은 바닷가 통나무 집에 산다. 바다를 처음 본 펄 버튼은 파랗고 거대한 물이 밀려오는 광경을 바라보며 "이게 뭐야, 이게 뭐야?" 당황했지만 곧 "우와, 우와!" "너무 좋아, 너무 예뻐!" 소리 지른다. 펄 버튼은 결국 자신을 찾으러 온 사람들에 의해 다시 종이 상자 같은 집으로 돌아가게 되겠지만 맨스필드는 이제 아마 원하는 만큼, 100퍼센트의 캐서린 맨스필드로서 "우와, 우와!" "너무 좋아, 너무 예뻐!" 할 수 있을 것이다.

탐험과 수집

『엄마 실격』을 읽고

김화진
⊜ 편집자, 소설가

타타나 루바쇼바와 인드르지흐 야니체크가 쓰고
그린 그래픽노블 『ROBOT』(옛눈북스, 2020)은
인류가 사라진 미래에 윌리엄과 메리웨더라는 두
로봇이 물과 산과 숲과 동굴을 탐험하며 자신의
기원과 과거 인류의 흔적을 수집해 오는 이야기
다. 몸이 부식될지도 모른다는 두려움을 무릅쓰고
강을 건너고, 컴컴한 동굴을 지나가다 추락해 팔
다리가 분리되는 위험을 통과하여 그들은 드디어
그들 삶 이전에, 과거에 만들어졌을 우주선과 로
봇의 조상을 찾아낸다.(그것들은 사실 먼 옛날 인
간들이 미래의 삶을 모형으로 제작하여 전시해 둔
미래 전시관의 마네킹들이다.) 로봇의 조상은 그

규격이 윌리엄과 메리웨더와 일치했고, 심지어 보다 섬세하게 물건을 쥘 수 있는 다섯 개의 손가락을 지녔다.(윌리엄과 메리웨더의 손가락은 세 개다.) "역사적인 발견". 그들은 그렇게 말한다.

꽃

그들의 모험을 귀여운 소동극이라고 여기고 책장을 덮고 난 이후, 나는 내가 그들과 비슷한 독서 경험을 했음을 깨달았다. 오래전으로부터 도착한 소설들을 읽었기 때문이다. 『엄마 실격』에 묶인 샬럿 퍼킨스 길먼의 소설들은 1890년에 쓰였다. 2020년의 나는 이 소설들 사이를 조심스레 탐험하며 거닐었다. 그리고 로봇 탐험가들이 과거의 놀라운 흔적을 찾아낸 것처럼, 길먼의 소설들에서도 많은 것을 수집할 수 있었다. 현재에도 여전한 억압과 편견을 이미 포착한 부분과 그러면서도 능청스러운 소설적 재미를 동시에 거머쥐고 가는 것이 그랬다. 나는 그것을 주워서 주머니에 넣는 마음으로 밑줄을 긋고 모서리를 접었다.

꽃

수록작 중 가장 마음에 남은 작품은 「누런 벽지」였다. 신경이 과민한 '나'에게만 느껴지는, 어딘지 "괴기한 분위기가 감"도는 저택에 도착하며 시작되는 소설은 에드거 앨런 포의 고딕 소설을 떠오르게 한다. 남편인 존과 '나'의 남자 형제는 의사이며 신경 쇠약에 걸린 '나'에게 아무 생각도, 아무 일도 하지 말고 휴식을 취하라고 말한다. 그러나 '나'는 가만히 있기보다 글쓰기를 열망하며, 방안에 혼자 감금당하다시피 하는 삶보다 밖에 나가서 좋아하는 일을 하고 여러 사람을 만나 가능성을 점쳐 보는 삶을 바란다. 그 모든 것이 '나'에게 주어지지는 않지만 '나'는 남편 몰래 글을 쓴다. "햇빛이 들어오는 방향이 서서히 바뀌는 탓에 묘하게 색이 바래서 그을린 듯 지저분한 누런색"을 띠는 벽지를 보며. '나'는 처음엔 벽지의 색깔이 거슬렸고, 시간이 조금 지나자 겉벽지와 속벽지의 무늬가 달라 마치 창살처럼 보였으며, 그 안에 여자가 한 명 돌아다니고 있음을 발견하고, 머지않아 여자가 여럿이고 심지어 벽지 밖으로 나와서 저택을 기어 다니고 있다고 말한다. 결국 '나'는 저택을 떠나기 직전 방의 벽지를 전부 뜯어 버린다. 그 광경을 보고 놀라서 뛰어 들어온 남편에게 소리 지른다. "제니하고 당신이 막았지만 마침내 나왔어요! 벽지도 거의 다 뜯어냈고요. 그러니 도로 나를 집어넣을 수는 없어요!" 그리고 '나'는 충격받아 쓰러진 남편의 몸을 기어 넘어간다.

이 이야기는 짜릿하고 기묘하다. 다 읽고 난 뒤 어쩐지 소설 속 '나'의 의식의 흐름과 같은 물살에 휩쓸려 가는 기분이 든다. 정신 착란을 일으키는 주인공의 서술과, 벽지 속 여자들이 벽지의 창살 틈으로 나와 저택의 벽과 거실과 정원을 기어다니는 이미지는 광기 어리고 기괴해서, 고딕소설 선집을 낼 수 있다면 단연 첫 번째로 넣고 싶었다. 『ROBOT』의 윌리엄과 메리웨더가 흥분하여 과거 로봇 조상의 흔적을 탐험의 증거이자 표본 삼아 자기 배낭에 쑤셔 넣던 마음을 알 것도 같았다. 책 속에는 없는 장면이지만, 윌리엄과 메리웨더가 자신들의 실험실로 돌아가 모험에서 채집해 온 '과거의 표본들'을 이리저리 섞고 분류하고 배치하는 모습을 상상한다…… 어쩐지 도서를 기획하는 편집자의 모습과 겹치는 것 같다……. 그리고 아직 입에 익지 않은 길면의 이름을 몇 번이고 외워 본다. 샬럿 퍼킨스 길면. 그리고 탐험에서 돌아온 윌리엄과 메리웨더처럼 발견한 이름과 한데 놓아 볼 이름들도 떠올린다. 버지니아 울프. 마르그리트 뒤라스. 강경애. 백신애. 박완서. 각자의 쓰기가 치열하고, 함께 놓일 때 화려해지는 이름들. 우리의 과거가 이토록 풍부하다는 사실을, 『엄마 실격』을 읽으며 다시금 되새긴다. 지금의 것은 먼 미래에 어떻게 남게 될까? 훗날 과거의 작가를 수집하러 올 또 다른 윌리엄과 메리웨더를 위해, 무당처럼 도박사처럼(실은 그냥 편집자지만) 이

어질 이름을 몇 개 적어 본다. 박민정, 정세랑, 강
화길, 최은미⋯⋯.

> >

›‑ ›‑ ›‑ ›‑ ›‑ ›‑ ›‑ ›‑ ›‑ ›‑ ›‑ ›‑ ›‑ ›‑ ›‑ ›‑ ›‑ ›‑ ›‑

멀고도 가까운 소녀들의 이름으로

›‑ ›‑ ›‑ ›‑ ›‑ ›‑ ›‑ ›‑ ›‑ ›‑ ›‑ ›‑ ›‑ ›‑ ›‑ ›‑ ›‑ ›‑ ›‑

『제복의 소녀』를 읽고

›‑ ›‑ ›‑ ›‑ ›‑ ›‑ ›‑ ›‑ ›‑ ›‑ ›‑ ›‑ ›‑ ›‑ ›‑ ›‑ ›‑ ›‑ ›‑

조우리

≡ 소설가, 『내 여자 친구와 여자 친구들』의 저자

소녀들의 이야기는 언제나 내 곁에 있었다. 서울
의 반지하에서 먼지 냄새가 나는 봉제 인형을 안
고 잠이 들 때면 프랑스의 다락방을 떠올렸다. 모
래 운동장에 열 맞춰 선 채 국기가 펄럭이는 구령
대를 바라보며 영국의 기숙 학교를 그려 봤다. 같
은 방을 쓰던 동생과 다투고 도망칠 곳이 이불 속
밖에 없는 순간마다 쿵쿵 발소리를 내며 응접실
을 빠져나와 삐걱대는 나무 계단을 올라가는 상상
을 했다. 세라, 마거릿, 조지핀, 앤, 다이애나, 하이
디, 앨리스…… 소녀들의 이름을 부르면 그들은 어
느새 나에게로 와서 손을 잡고, 어깨를 감싸고, 마
주 앉아 함께 차를 마시는 친구가 되었다. 어떻게

그럴 수 있었을까. 나와 다른 색의 눈동자를 가진, 내가 본 적 없는 음식들을 먹는, 이국의 소녀들이 겪는 일들이 어째서 나의 일기장처럼 느껴졌을까. 나에게는 다이아몬드 광산에 투자하는 아버지도, 폐렴으로 죽은 어머니도, 남몰래 나를 도와주는 후원자도, 식전 기도를 하지 않았다고 손등을 회초리로 때리는 사감 선생님도 없었는데. 그 모든 것들은 아주 멀리 있었는데……

크리스타 빈슬로의 『제복의 소녀』를 통해 나는 내가 사랑한 이야기 속 소녀들에게서 무엇을 받았는지 깨닫는다. 그것은 이름이다. 내가 '나'라고 생각하는 존재의 이름. 그 존재를 이루는 이름. 그것에 대해 떠올리고 느끼게 해 주는 소녀들의 이름. 그리고 그 소녀들을 이루는 이름. 이름을 부르면 그토록 멀리 있는 소녀들이 사실은 아주 가까이, 정확히 말하면 이미 내 안에 있었음을 깨닫게 된다. 그들이 느끼는 감정을 이해하고 공감하며 또한 기꺼이 나의 이야기로 받아들이게 된다.

마누엘라, 렐라. 그의 이름을 부르면 무수한 이름들이 함께 내 곁으로 오는 것이 느껴진다. 태어나기 전부터 모두의 뜨거운 사랑을 받았던 아기 '렐라'가 이제 더는 아이가 아닌 '마누엘라'가 되기까지 그에게 축적되었던 이름들이. "렐라야, 엄마는 예쁘지 않아. 예쁘고 싶지 않아. 난 착하고 싶단다."라며 렐라를 안아 주는 케테 부인, 렐라의 앞에 서서 "자, 나를 봐. 내 눈을 똑바로 보란 말이야."라고 말하는 에바, 렐라의 턱을 잡고 얼굴을 살펴보는 잉에. 그리고 폰 베른부르크 선생님, 선생님.

❦

소설은 때로 질문이며 동시에 그 질문에 대한 답이다. 빈슬로는 『제복의 소녀』의 독자들에게 "내가 알고 있는 '나'는 언제부터 존재하는가?"라는 질문을 던지고 그 답으로 '마누엘라 폰 마르하르디스'라는 소녀를 제시한다. 그에 따르면, 존재는 탄생하거나 성장하는 것이 아니라 축적을 통해 완성되는 것으로 느껴진다. "이상하게도 애틋한 행복감이 가슴에 차올랐다. 엄마는 오늘 렐라를 마치 어른처럼 대해 주었다. 그건 비밀이었고, 렐라는 그 일을 세상 누구에게도 말하지 않았다.", "렐라는 소꿉 나라를 제대로 만들어 보고 싶었다. 책 속에 나오는 것이 아니라 구경만 하는 그런 것이 아니라 진짜를 제대로 만들고 싶었다."와 같은 그전에는 알 수 없었던, 그러나 분명히 느끼리라 예감했던 감정들과 "이 몇 마디 말을 너무나 오래 가슴에 묻어 왔"음을 깨닫는 순간들의 축적이 존재를 비로소 그 존재로 완성한다.

✝

"어떻게 할 수가 없어요. 선생님, 선생님을 사랑해요. 어머니를 사랑하듯 선생님을 사랑해요. 아뇨, 그보다 많이, 훨씬 더 많이 사랑해요. 저를 부르시고, 붙잡고, 방을 나가는 선생님의 음성을 들으면 어쩔 줄을 모르겠어요. 사랑해요, 선생님을 사랑해요." 소설 후반부에 여러 차례 변주되는 폰 베른부르크 선생님을 향한 이 뜨거운 고백은 마누엘라가 그동안 축적해 온 삶의 순간들을 통해 스스로를 어떤 존재로 완성하였는지 독자에게 생생하게 보여 준다. 자기 자신으로 존재하기를 선택한 이 소녀를, 사랑을 담아서 기억하지 않을 방법이 없다.

➤➤ ➤➤ ➤➤ ➤➤ ➤➤ ➤➤ ➤➤ ➤➤ ➤➤ ➤➤ ➤➤ ➤➤ ➤➤ ➤➤ ➤➤ ➤➤

꽃이 피기만 하면 생은 살아 낼 만하다

「히구치 이치요 소설 전집」을 읽고

송지현
㊀ 소설가,『동해 생활』의 저자

히구치 이치요의 작품을 읽게 된 것은 순전히 쏜살 문고 시리즈의 예쁜 표지 때문이었다. 노을이 지는 듯한 배경에 잠겨 걸어가는 보랏빛 옷을 입은 인물, 그리고 조각조각 만화처럼 나누어진 칸들, 은박을 입힌 작은 도형들. 게다가 한 손에 쏙 들어오는 작은 사이즈. 책이라는 것은 이렇듯 물질적인 형태로도 사람을 홀리곤 한다.

어쨌든 표지에 홀려 책을 집어 들기 전까지 나는 히구치 이치요의 작품은 물론이거니와 그녀의 이름조차 들어 본 적이 없었다. 나는 편집자에게 그녀에 대해 물었다.

↧

"히구치 이치요는 어떤 작가인가요?"

"가난에 시달리다 요절한……."

↧

편집자의 말줄임표가 다음 달 월세를 걱정하는 나의 가슴을 울렸다. 그 뒤 찾아본 이치요의 생애는 생각보다 더 절망적이었다.

↧

그녀는 큰오빠를 폐결핵으로 잃고, 아버지마저 돌아가신 뒤 17세 나이로 가문의 호주가 된다. 이후 파산과 동시에 파혼. 호주로서 이 상황을 타개하고자 소설을 쓰게 되는데, 이 점이 가장 의문이다. 생계를 위해 왜 갑자기 소설을……? 올봄, 다른 일은 하지 말고 소설에만 집중해 보자 생각했다가 생활고를 겪은 나의 처지를 다시 한번 떠올릴 수밖에 없었다. 이치요는 십사 개월의 작가 생활을 뒤로하고 24세에 폐결핵으로 요절하고 만다. 아름다운 표지에 이끌려, 뭔가 불길한 예언 같은 것을 받은 느낌이었다.

↧

그럼에도 이치요의 작품은 아름다웠다. 만연체 문장은 오래도록 한 구절에 머물게 했고, 자연에 대한 묘사는 구석구석 서정을 품고 있었다.

↧

"담장은 대울타리를 하나만 세운 데다 함께 쓰는 정원 우물의 바닥은 맑고 깊으며, 처마 끝에 꽃 피운 매화나무 한 그루가 양가의 봄을 보여 줘 향기도 나눠 갖는 나카무라, 소노다라는 집이 있다."

✝

등단작 「어둠 진 벚꽃」은 담장으로도 막을 수 없는 꽃향기가 짙게 풍겨오는 소설이었다. 소설은 상중하로 구성되어 있으며, 담장 하나를 두고 옆집에 사는 인물들 사이의 사랑 이야기다. 상에서는 지요와 료노스케의 선을 넘는 장난, 그리고 그 장난을 사과하기 위해 내일을 기다리는 인물들의 모습이 그려진다. 중에서는 지요의 하염없는 사랑이 표현되는데, "마음이 어디에 깃들었는지 부질없이 두근"대는 사랑이 시작되는 설렘이 묘사되는가 하면, "눈물이 나지 않으니 가슴 언저리가 불타는 듯 느껴"지는 괴로움이 나타나기도 한다. 그러나 료노스케는 "즐거운 일을 즐거워만 하는 담백한 사내"이기에 지요의 마음은 가닿지 않는다. 그저 담장을 넘어오는 료노스케의 목소리만을 들을 뿐이다. "봄은 어디에 꽃이 피었다는 말도 없어, 담장 밑에서 싹튼 어린잎은 다만 고민으로 불탔다."라는 문장으로 지요의 사랑은 자연에 깃든다. 하에서는 사랑을 앓다 못해 병을 얻은 지요를 찾아온 료노스케와의 대화가 주를 이룬다. 끝까지 료노스케에게 아픈 모습을 보이고 싶어 하지 않는 지요는 돌아서는 료노스케를 불러 세운다.

↓

"그런 이슬 같은 목숨을 보자 '오늘 밤에는 혹시.' 하는 생각이 들어 료노스케는 자리에서 일어날 마음이 전혀 없었지만, 임종에 와서도 심려를 끼치는 것이 너무 가여워 병풍 뒤로 두어 걸음 나갔는데, 그때 실보다 가는 목소리로 "료 오라버니." 하며 불러 세우기에 "왜 그래." 하고 뒤돌아보자……"사과는 내일." 바람도 없는 처마 끝에 벚꽃이 폴폴 흩날렸고 땅거미 진 하늘의 종소리가 구슬프다."

↓

소설은 둘의 상황을 자연에 빗대어 표현하면서 마무리된다. 둘에게 내일은 오지 않을 것만 같고, 사랑은 끝날 것이며, 사과는 하지 못하게 될 것만 같다.

↓

「어둠 진 벚꽃」 외에도 이치요의 소설은 대부분 고단한 삶, 좌절되는 사랑을 담고 있다. 그러나 그것들은 아름다운 자연에 깃든 문장으로 표현되고, 그래서 그 상황이 불행하지만은 않다고 느껴진다. "불행의 유래를 처음 알고 친부가 그립고 친모가 그립던 한밤의 꿈에서 마저 벚꽃이 피지 않으면 바람을 원망할 일은 없다."라는 문장처럼 고단한 현실에 꽃이 피기만 하면, 생은 살아 낼 만한 어떤 것이 된다. 내일이 오지 않아도, 사랑이 끝나도, 사과를 하지 못해도 그저 마음에 서정이 깃든다면, 충분히 괜찮은 것 아닐까 하는 생각. 불길한 예언은 아름다운 꿈으로 변하였다.

ⰶ ⰶ

◉◉

가끔 시간이 기다란 풍선처럼 느껴진다. 분명 하나의 긴 풍선이지만 할 일과 약속, 일정들, 그리고 어떤 시기들로 중간중간 매듭지어져서 꼭 비엔나 소시지 같은 형태가 된다는 생각. 나는 어릴 때부터 정오쯤 일정이 잡혀 있으면 그날 오전부터 아무 일도 하지 못했다. 붕 뜨는 자투리 시간을 잘 활용할 줄 모르는 성격이었다. 기다리는 시간 동안 하는 일이라곤 소파나 침대에 멍하니 앉아서 공허한 시간을 지켜보는 것뿐이었다. 휴대폰을 보거나 다른 일을 하거나, 아니면 자아 성찰이라도 할 법한데, 그저 시간이 흐르는 것을 눈으로 볼 수

라도 있다는 듯, 두 눈을 부릅뜨고 약속 시간이 다
가오기를 지켜보는 것이다.

¡

작고 가벼운 판형의 책을 좋아한다. 내 손으로 시
간을 만지고 쥘 수 있다는 느낌을 주어서다. 민음
사 쏜살 문고의 출간 소식은 시간을 휴대할 수 있
다는 거나 마찬가지라, 내게는 굉장히 반가운 소
식이었다. 다양한 작가들의 명작들을 부담 없이
볼 수 있다는 점 또한 매력적이었다. 오스카 와일
드의 『오스카리아나』는 백지를 두고 글을 기다
리던 시간을 견디게 했다. 어니스트 헤밍웨이의
『깨끗하고 밝은 곳』과 F. 스콧 피츠제럴드의 『리
츠 호텔만 한 다이아몬드』는 지긋지긋하던 고향
의 여름밤마다 나를 상상의 세계로 이끌었다. 이
상의 『권태』는 수술을 위해 대구로 오시던 할머니
를 기다리는 동안 나의 초조함을 달래 주었다. 니
콜라이 고골의 『외투』는 휴학을 하고 고향에 내려
오던 날, 침대 머리맡을 지킨 책이다. 헤밍웨이의
또 다른 책 『호주머니 속의 축제』는 사회 복무를
하는 동안 현장을 함께 다녔다. 코로나가 전 세계
를 집어삼킬 줄 몰랐던 2019년 12월, 마지막 여
행이 된 2박 3일간의 '내일로 여행'을 함께한 책
도 쏜살 문고 시리즈 중 한 권인 에드거 앨런 포의
『검은 고양이』였다. 기차를 기다리는 동안 대합실

에서 포의 소설을 읽던 시간, 칼바람 불던 바깥과 시렸던 발, 무릎 위에 책상처럼 엎어 두었던 가방, 그리고 포의 문장들이 만들어 내는 신경질적이고 오싹한 분위기가 생생하게 기억난다. 쏜살 문고는 내게 한 시기에서 다른 시기로 넘어가는 연결점이 었고, 기다림의 감각과 맞닿아 있는 무엇이다. 기다란 풍선의 매듭들을 하나하나 풀어 주며, 이것이 끝이 아니라는 믿음을 주었다.

‘쏜살’은 민음사의 로고 ‘활 쏘는 사람’의 정신을 계승한 총서라고 한다. 쏜살 문고 몇 권을 모아 놓은 책장을 보고 있으면, 공들여 만든 화살촉들을 수집해 놓은 기분이 든다. 빛나고 단단하며 아름다운 화살촉. 다 모아 두고 싶다.

◇ 윤탐

◉◉

코트 주머니 하면 나는 "아니 벌써 귤이 나오다니"라는 가사로 유명한 재주소년의 「귤」이 가장 먼저 떠오른다. 그리고 지난겨울 코트 주머니에 넣어 두고 이동 시간 내내 짬짬이 읽곤 했던 이 책, 『자기만의 방』이 두 번째 연상물이 되었다. 추석이 지나고 설탕 대신 시간에 졸인 나뭇잎이 중력을 못 이기고 떨어져 발치로 나부끼는 계절이 되면 드문드문 「귤」의 노랫말을 흥얼거리게 된다. 그에 비하면 『자기만의 방』은 달리 시기를 타지 않는데, 이 책의 또 다른 제목이 되어 버린(?) '자기만의 방 그리고 500파운드'가 여자들에게는 생계, 이른바 '먹고사니즘'과 직결하기 때문이다. 막막한 앞날을 걱정할 때마다 우리는 자연스레 이 책을 떠올린다. 물론 버지니아 울프 시대의 파운드 화폐 단위를 곧이곧대로 21세기 환율로 받아들이면 곤란하지만, 끊임없이 곱씹으며 마음을 다질 상징적 수치로서 기능하기에는 전혀 무리가 없다.

⁞

올겨울 코트 주머니에서 나는 귤도 책도 아닌 립밤을 찾았다. 친구 소개로 함께 가서 이런저런 얘기를 두런두런 나눈 카페에 떨어뜨리고 왔다고 반년 이상 굳게 믿고 있던 물건이었다. 그날 집을 나서며 코트 주머니에 『자기만의 방』을 한 권 꽂아 넣고 시외버스에 올랐지만 솔직히 오고 가는 길에 단 한 줄도 읽지 못했다. 내가 월세 615파운드를 내며 살던 런던 외곽(4.5존) 집에서 함께 가족으로 지낸 '햇반'이가 강아지별로 떠났다는 갑작스러운 소식을 전화로 전해 듣고 거의 뜬눈으로 지샌 날이기도 했으니까. 오랜만에 코트를 걸쳐 입으며 주머니 속 손끝에 걸린 립밤과 함께 지난 4월의 기억이 돌아와서 좀 멍한 기분이 들었다.

꿀, 책, 립밤…… 묵은 기억 외에도 코트 주머니에는 생각보다 다양한 게 들어간다. 용돈이나 비상금 같은 걸 발견하는 조삼모사식 횡재는 물론 평소 주머니에 현금을 넣어 두는 습관을 가진 이들에게만 나타날 행운이지만, 그럼에도 '주머니에 뭔가를 넣는다'는 행위는 무의식중에 일어나는 때가 더 많으니 일단은 복권을 사는 마음으로 뭐라도(?) 넣을 수 있게 코트 주머니를 뚫어 두는 게 가장 중요하다. 최근까지도 여성용 코트는 '옷태'를 살리겠다며 주머니를 막은 제품이 많았다.(자매품: 잘록하게 허리선을 넣은 분홍색 패딩 점퍼.) 적어도 최근 5년간 내가 입고 다닌 코트는 브랜드를 막론하고 전부 주머니가 막혀 있었다. 심지어 나는 이 재봉선이 주머니의 흔적인 줄도 모르고 지내다가 주변에서 알려 줘서 직접 칼로 실밥을 뜯어 주기까지 했다. 이후로는 온갖 것을 넣어 다니며 겨울을 간편하게 보냈다.

※

나는 겨울이 좋다. 심지어 12월 31일에서 1월 1일로 날과 해가 넘어가는 순간에도 그저 이제 겨울이 끝날 일만 남았다는 생각에 다소 울적해진다. 이 계절의 매서운 냉기를 피해 실내에 머무는 묵은 공기가 가둬 둔 묵은 기억이 좋다. 이따금 마스크 너머로 운 좋게 만나는 청량한 공기와 햇살의 온기를 느끼며 산책을 하는 기분도 아주 그만이다. 물론 내 코트에 주머니가 생겼다는 사실도 한 몫한다.

※

2021년 새해에는 "추운 겨울이 다 가기 전에" 깊은 코트 주머니에 귤과 쏜살 문고 한 권을 꽂아 넣고, 오래전 버지니아 울프가 그랬던 것처럼 동네를 '마음껏' 거닐어 보는 건 어떨까? 다만 책과 귤을 한 주머니에 넣는 순간 재앙이 시작되니 주의할 것.

◇ 안요한

∞

내게는 삼 남매가 있는데, 막내는 아홉 살이 되었다. 맏아들은 고2로서 내 키와 덩치를 어느새 훌쩍 넘었지만 막내는 여전히 앙증맞고 귀엽다. 피부를 만질 때면 느낌이 좋다. 무엇보다 좋은 점은 꼭 안아 주면 품에 쏘옥 들어온다는 것. 갓난아기 때에는 다 챙겨 줘야 했는데, 이제는 스스로 제 몫을 하니까 데리고 다니기도 편하다.

❣

내가 쏜살 문고를 처음 만났을 때 느낌이 꼭 그랬다. 내 막내아들처럼 앙증맞다고 해야 할까? 내 핸드폰의 사이즈보다 약간 더 큰 책. 나는 평소에도 책을 들고 대중교통을 이용하는 습관이 있다. 벌써 수십 년 째다. 안타까운 것은 점점 책을 들고 다니는 사람들을 거의 찾아볼 수 없다. 현대인들에게 가장 중요한 물건은 휴대폰이 된 듯하다. 귀에는 이어폰을 꽂고 손가락은 액정 화면을 부지런히 움직이면서 게임을 하거나 영상을 시청한다.

❣

점점 아날로그 시절이 그립다. 그래서일까? 나는 묵묵히 책을 갖고 다닌다. 특히 쏜살 문고는 나 같은 사람에게 두 마리 토끼를 다 잡게 해 준다. 여전히 책을 휴대할 수 있다는 점과 읽을 수 있다는 점. 책은 내게 있어서만큼은 휴대 북이다. 일단 호주머니에 꽂아 넣을 수 있는 크기와 두께가 부담스럽지 않아서 좋다. 너무 작지도 않고 그렇다고 크지도 않은…… 크기는 작지만 내용의 묵직함은 손으로 전달된다.

✦

산행을 할 때에도 쏜살 문고는 유익하기에 나와 동행한다. 등산용 점퍼 안주머니든 바깥주머니든 딱 안성맞춤이다. 나는 이제 산행할 때 정상에서 인증숏을 찍고 시간에 쫓겨 오르락내리락하지 않는다. 정상에 앉아 요기를 한 다음, 단 몇 장이라도 짬을 내서 책을 읽는다. 또한 중간중간 나무와 꽃과 바위를 보고 덩달아 책도 본다. 이러한 산행이 내 인생을 더욱 옹골지게 만들어 준다.

✦

나는 북한산을 품은 은평구에 살고 있다. 코로나에 지친 나는 콧바람을 쐬고자, 또한 2020년을 잘 마무리하기 위해서 12월 마지막 월요일(28일), 북한산에 올랐다. 역시나 평일이라 산을 찾는 사람이 별로 없었다. 북한산 중에서도 가장 가볍게 다녀올 수 있는 족두리봉 코스를 거쳐 구기 터널로 하산했다. 무엇보다 좋았던 것은, 겨울 날씨 치고 따사로운 온기에 책을 읽을 수 있었다는 점이었다. 족두리봉에서 인증숏을 찍고 움푹 파인 바위 밑에서 가져온 책 뒷부분을 다 읽었다. 다니자키 준이치로의 『미친 노인의 일기』. 전날부터 읽었던 내용의 다음 부분이 궁금해서 읽어 보려고 챙겨 왔다. 며느리를 흠모하는 노인네. 물론 노인의 욕망이 성취된다면 내 심정이 매우 불편하리라. 다 읽은 후에 든 생각은 '몸이 늙으면 마음도 함께 늙어야 하지 않을까?'였다. 육신과 마음이 따로 놀지 않고 같이 가기를 족두리봉에서 작게나마 소망해 본다. 또 하나의 소망이 있다면 가볍지만 결코 가볍지 않은 이런 책이 많이 나왔으면 좋겠다.

디지털을 지향하려는 현대인들에게 아날로그의 향수를 불러일으킬 수 있는 좋은 책을.

➤➤ ➤➤ ➤➤ ➤➤ ➤➤ ➤➤ ➤➤ ➤➤ ➤➤ ➤➤ ➤➤ ➤➤

◇ 맷돌지기

➤➤ ➤➤ ➤➤ ➤➤ ➤➤ ➤➤ ➤➤ ➤➤ ➤➤ ➤➤ ➤➤ ➤➤

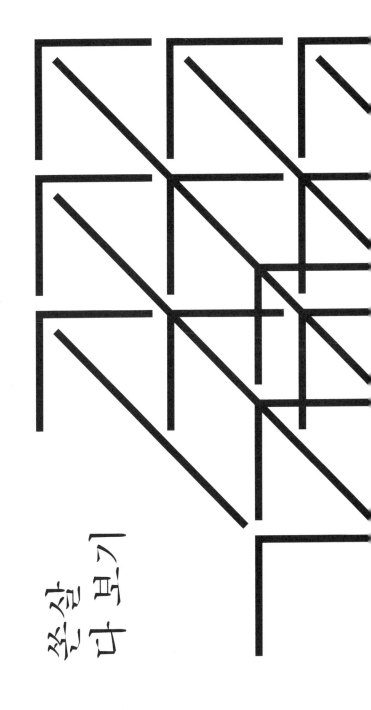

꽃을 산
더 보기

차나 한 잔	김승욱	권혜민 책임 편집
권비	이상	이봉지 옮김
누 친구	기 드 모파상	조주관 옮김
외투	내일랜이 고골	김무주 옮김
이것은 시를 위한 강의가 아니다	E. E. 카밍스	전영애 옮김
범 앞에서	프란츠 카프카	등성식 옮김
바르텍주의자	앙드레 지드	유호식 옮김
순박한 마음	카스타브 플로베르	박광자 옮김
토란하도록 여행하는 모저트르	예두아르트 피러케	전승희 옮김
검은 고양이	에드거 앨런 포	권남희 옮김
남자는 쇼핑을 좋아해	무라카미 류	황가한 옮김
엄마는 괴미니스트	지마만다 응고지 아디치에	박명진 옮김
걸어도 걸어도	그레에다 히무카즈	박명진 옮김
배웅이 지나가고	그레에다 히무카즈	박명진 옮김

김욱동

조르바를 위하여

달빛 속을 걷다	헨리 데이비드 소로	조애리 옮김
죽음을 이기는 독서	올더스 헉슬리 제임스	김민수 옮김
미친 노인의 일기	다니자키 준이치로	김효순 옮김
치인의 사랑	다니자키 준이치로	김준미 옮김
소년	다니자키 준이치로	박현정 외 옮김
요시노 구즈	다니자키 준이치로	염인정 옮김
순킨 이야기	다니자키 준이치로	박현정 외 옮김
금빛 죽음	다니자키 준이치로	안영우 옮김
열쇠	다니자키 준이치로	김효순 옮김
화식 노트	문제 마르셀 뒤 가르	정치욱 외 옮김
참깨와 백합 그리고 독서에 관하여	존 러스킨·마르셀 프루스트	유정화·이봉지 옮김
순례자 매	귈렌케이이 웨스트	정치욱 옮김
마르그리트 뒤라스의 글	마르그리트 뒤라스	윤진 옮김

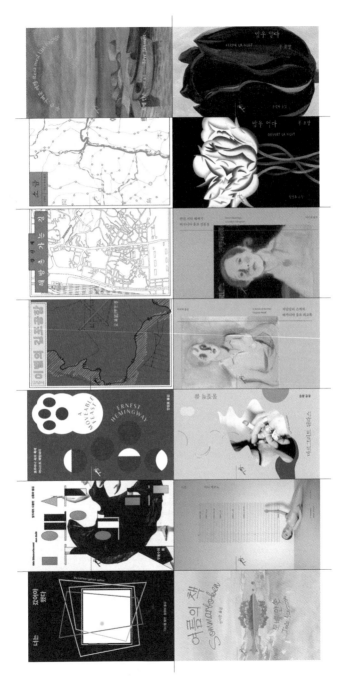

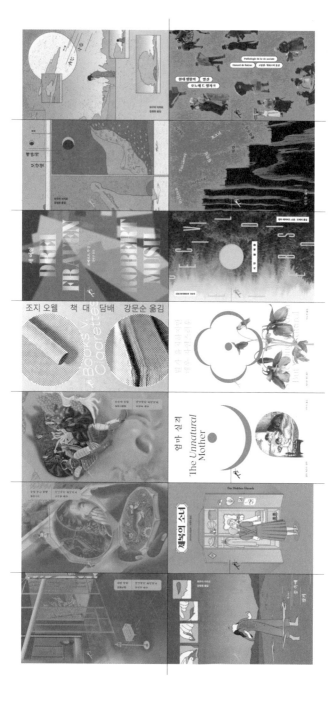

음에 에찬
이찌 먹는 빛데
무주궁 비화
혠 내 담배
세 에인
베 반의 보랏빛
가는 구름
꽃 순에 잠겨
제 붓의 소녀
엄마 실적
뭔가 유치하지만 매우 자연스러운
시만 불불종
핫간, 불테우니
헌대 생활의 발전

나나자키 쭌이치로
나나자키 쭌이치로
나나자키 쭌이치로
죳지 오웰
무베르트 무질
히구치 이치요
히구치 이치요
히구치 이치요
크레스타 빈슐로
산텃 궈킷스 깁번
캐서린 맨스필드
헨리 데이비드 소로우
윌리엄 포크너
오노레 드 발자크

김보정 욹캅읽
임다함 욹캅읽
문정웅 욹캅읽
강문순 욹캅읽
강맫구 욹캅읽
강정원 욹캅읽
강정원 욹캅읽
강정원 욹캅읽
박꽈자 욹캅읽
이인수 욹캅읽
박수현 욹캅읽
조에리 욹캅읽
김우동 욹캅읽
고붓만·박이르마 욹캅읽

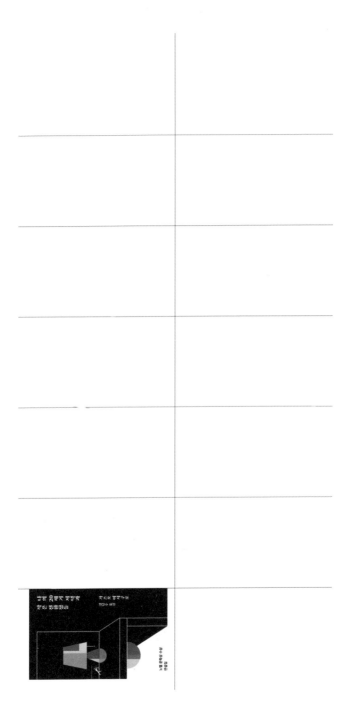

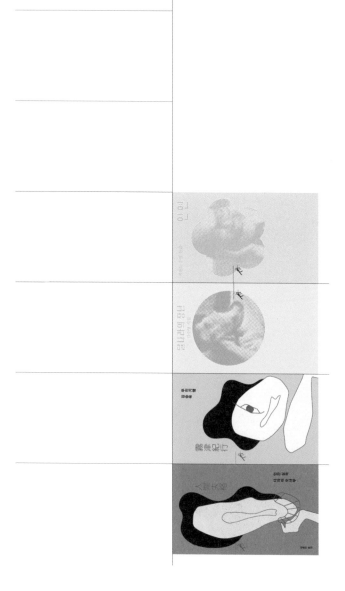

달려라 메로스   다자이 오사무   무수자 옮김 ⑨

수밖은 운명의 집   슈테판 츠바이크   이미선 옮김 ⑨

밤의 가스파르   알로모지우스 베르트랑   윤진 옮김 ⑨

3만 6000달러로 일 년을 사는 방법   F. 스콧 피츠제럴드   조동섭 옮김 ⑨

여행 일기   미셸 드 몽테뉴   문정자 옮김 ⑨

          (⑨=옮긴이)

▸ 동네서점 에디션

인간 실격   다자이 오사무

무진기행   김승옥

달나라의 장난   김수영

이연   피천득

김준미 옮김

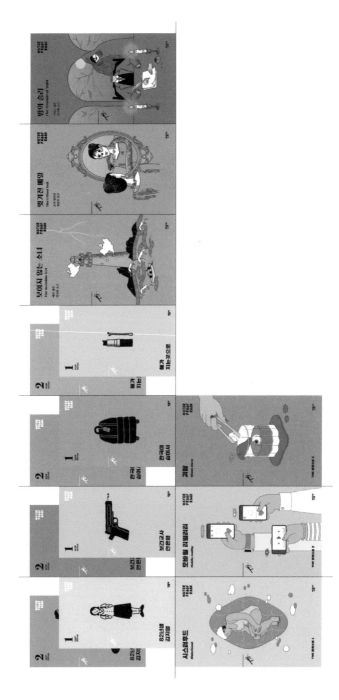

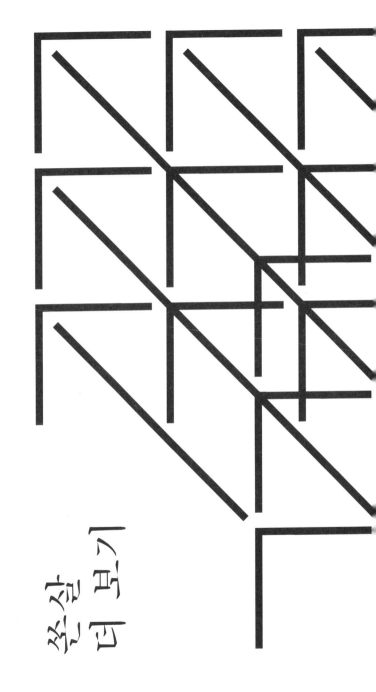

꽃살
더 보기

↑ ↑ ↑ ↑ ↑ ↑ ↑ ↑ ↑ ↑ ↑ ↑ ↑ ↑ ↑ ↑ ↑ ↑ ↑ ↑

위터크루크북으로 만나는 오싹한 쓴실 문그

유산옹
꽁덥지

(三) 편집자

특별한 일은 가끔 아무렇지도 않게 찾아오곤 합니다. 그날부로 빪소와 나를 바 없었지요, 죄는 믿음사에서 쏟아 내는(9) 제미있있고 뭐익하다 참신한 여러 문뱉롯와 귀엽고 기능적인 웃것 굿즈를 직접 기획하고, 진행까지 진두지휘하는 그 팀장님이 느닷없이 저에게 한마디 제안을 해 오시더군요. 들그떨듯 무기력한 저이지지만, 그 순간만큼은 느디어

'올 것이 왔다.'라는 묘한 예감을 느꼈습니다.

↓

"작년에 위터크루크북 나왔잖아요. 그게, 올해는 뭐랄까, 좀 그런 중에서……".

↓

그건이다 '그건'이라는 개념에 대해 곰곰 생각할 세도 없이,

↓

"이게 여름 시즌에 나와야 하는 프로젝트라……".

↓

보통 폐 선생께는 올해 나올 상품들을 무렵 한 해 앞서 선보이는다고 하는데, 이건 좀 무리수가 아닌가요? ……라고 돌려멜 계줬는, 그 팀장님은 아무를 저번 만드는다느니, 단호하게 말씀하시고는 자리

를 떠나셨습니다. 가야 할 때도 아닌데, 가는 이의 뒷모습은 얼마나

↓

그런데 생각해 보니, 좋은 기회가 아니겠습니까? 저를 믿는다는 일인즉, 제가 진가의 작품을 골라서 여러분께 신선할 수 있다는 의미이니, 이윽고 가슴속 한켠에 꼭꼭 숨겨 두었던 '멘신'을 발휘하여 '여성 그린 소설' 세계를 세계에 되었습니다.

↓

여러분이 조금 으스스한 작품도 둘째 생각이 괜뜩 떠올랐습니다. 몇몇 경우로서 몇 작부터 B급에 이르기까지 두루 저의 개인적 취향이 일정을 미쳐 보았습니다라고 할까요.

펼쳐지라면 누구나, 한두 명 혹은 그 이상으로 '에 정하는 진가가 있기 마련입니다. 세계 베티 셀리는 그런 진가 중 한 사람이었고, 널리 읽히는 『로 망케쉬튜터인』은 물론, (비교적 덜 알려진) 다른 작 품들에도 항상 관심이 있었습니다. 하지만 격무 에 시달리느라(지 핑계인 척!) 정작 사적인 독서 를 할 여력이 없어서 그저 띄엄띄엄 구드느고 있었 지요. 그런다가 '벅업일지'의 기회가 불현듯이 찾 아왔고, 저로서는 그것을 잡기만 하면 그만이었습 니다.

↓

작품 선정과 번역, 편집과 제작에 이르기까지 '실' 의 가능한 일정을 맞쳐 보았을 때, 정격 작품은 취향이 반영되어 있다고 할까요.

다스(사실상 불가능에 가까운……) 어려운 상태였고, 따라서 평생 떠어 본 바 없는 메리 셸리의 단편 소설들을 거우-거우 찾아 읽게 되었습니다. 그야말로 '먹고살기' 위해 쓴 잔품들이라고는 하지만(주로 '끌리는' 잡지에 게재되었던 잔품들이라고 합니다.), 전기의 역량을 본격적으로 만끽하기에 부족함이 없었습니다. 오늘날 아이들이나 무스타에 해당하는 유명 시인 퍼시 셸리, 바이런(이분은 정녕 '오빠부대'의 원조라고 하더군요. 시집이 발표되는 날, 팬들이 줄을 서고 졸르르하고, 사생팬도 있었다고 합니다.)과 어울리며 꽃였던 어마어마한 스캔들, 사랑의 야반도주, 아버지와의 불화, 일찍 여윈 어머니에 대한 막연한 그리움, 잔가로서의 야망, 수차례 이어진 유산과 남편의 죽음 등

메리 셸리의 일생 자체가 이미 하나의 드라마이었습니다만…… 이쯤에 소개하는 전기들을 보노라니, 저러한 전기의 자전적 요소와 뒤얽힌 허구들로쓰, 어긋난 바람, 불안과 두려움 등이 환상과 응등, 기이한 얽어야기의 형태로 여실히 드러나다는요. 그 모든 소설이 단지 하루빼앗한 잡무의 아님을 환신하는 순간이 있습니다.

↓

기왕 이렇게 됐으니, 적어도 세 권 정도로 구성해서 '셸베셋'에 걸맞은 무양새를 갖춰 보면 어떨까, 하는 욕심이 생기더군요. 메리 셸리에 이어 제 머맞수 어딘가에서 돋을 피우는 작가는 「순수의 시매」의 이마二스 위틀이었습니다. 메리 셸리와는 아100년의 시간차를 두고 미국에서 활동한 작가이며

남자와 반강제적으로 결혼을 하게 되었지요. 남편은 (당시 누구 사람들이 이상적으로 여기는 상당한) 부자였지만 내로라하는 난봉꾼이었고, 결국 이 불행한 결혼 생활은 위든의 몸과 마음을 갉아먹었습니다. 에쨌든 긴긴 잠은 끝에 이혼을 하게 됩니다만, 그사이 내내 위든비 머물며 무언가 역할을 키우게 되었지요. 그런 와중에도 흥분도, 환상, 유혹, 전설 등 수십의 자신의 고뇌 스설적 취향을 내려놓지는 않았습니다.

→

비교적 덜 알려진 두 작품을 과감하게 골랐습니다. 위든의 유복한 취미와 꼼꼼한 결혼 생활의 그림자가 막연히 반영돼 있는 「기도하는 남자의 부인」(단행본으로 반영된 적 없는 매우 이색적인 작품임

니다만, 모종의 이유로 내부분의 삶을 유럽에서 보냈죠. 누구 상류 사회의 흥겨움을 절묘한 필치로 그려 낸 작가라던 일컫어져 있으나, 심리 소설의 달인인 만큼 굳굳와 환상을 구사하는 네에도 일가견이 있었습니다.

→

여기에는 다소 복잡한 사정이 있지요. 일단 여덟을 적에 유복한 가정에서 개인 교습을 받으며 온갖 기기묘묘한 잡동들을 탐두했던 셈이옵니다. 그의 저택으로 거대한 킨들이자 아르브 열린 셈이죠. 이빠 커다란 책마가 달렸답니다. 사경을 헤매다가 구사일생으로 되살아난 그는 줏자였전이고 신펴적인 세계에 사로잡히게 됩니다. 하지만 진짜 문제는 이제부터입니다. 바로 일 살도 안 되는 엿삿의

『빛가진 베일』은 막 그때까지 만 그대로 이색적인 작품입니다. '조지 엘리엇'이라는 남성 필명으로 활동할 수밖에 없었던 시대에, 남다른 통찰자는 그를 불렀고 그 덕 소설들이 '지식한 작품'을 쓰면 안 된다고 만든 했다고 합니다. '지식한' 엘리엇이 생각하기에 '지식 한 작품'이란 '질문'으로 행복한 결말이 되고, 뻔 반적인 현모양처와 요조숙녀만 그려 내는 소설"

은 또 어쨌고, 집 편은 얼마나 그런 작품이 됐습니 다. 그치 경이로움을 따름이지요. 아무튼 그디 스설 과는 전혀 관계가 없어 보이던 조지 엘리엇이, 일 생 동안 단 한 잔데, 아주 기묘한 작품을 남겼다는 정보를 언제 되었습니다. 가슴이 두근데기가 시작했 지요.

↓

문제는 지금부터였습니다. 이제 누구의 무슨 작 품을 고르느냐. 시으뱡을 훑데 가며 조사(9)를 거 듭한 끝에, 조지 엘리엇을 만났습니다. 그 이름만 으로도 무게감이…… 영국 소설의 전통을 계승하 고 십화한 작가라는 영광스러운 평가에 걸맞게, 조지 엘리엇의 작품은, 무조건 분위이 필요할 만 큼 두껍고, 여하튼 잣난이 아닙니다. 이토록 거대 한 작품이라면 편집만으로도 한세월일 벨네 번 외

니다.)과 미숙이 그디 소설의 전형이라 할 수 있는 『밤의 승리』입니다. 결혼과 돈의 문제를 다룬 이 두 작품이야말로, 가장 동시대적인 굿굿동을 아닐 까 합니다(『밤의 승리』에 등장하는 꽤스 씨와 타 이니 씨의 케미스트리가 범상하지 않거든요.)

낸 이야기의 소용돌이 속으로 가까이 빠져들게 되지요.

→

결국 제때, 여름이 절정일 무렵에 제이 나왔습니다. 율해는 스스로에게 중요하지 않은 물을 만들이 수영장에서 '워터 프루프북'을 즐기고, 심었었습니다. 그때만, 역시나 그런 일은 일어나지 않았습니다. 그래도 욕조가 있으니 얼마나 다행인지!

→

아무쪼록 햇볕에 따끔하게 타거나 물속에서 숨을 불지 마시라고 딱 적당한 분량으로, 흥미로운 이야기만 담아 보였습니다. 위대한 작가들이 이런 재미난 작품도 남겼노라고, 함께 기어해 주신다면 더 바랄 게 없겠습니다. 무더위 조심하시고, 어디

이었습니다만, 어쨌든 졸판사의 강요 비슷한 주의에 굴복하게 되었지요. 그 주로 이어진 거대한 장편 소설들...... 엘리엇들 자신의 분신 삿었던 최신의 과학(오늘날 보기에는 마술이나 유사과학처럼 보입니다만!)과 심령 현상에 대한 언급을 최대한 자제하고, 자원주의적 기쁨으로 인생사의 다채로운 면면을 열어 내렸지요.

→

『빛겨진 베일』은 엘리엇 옷 자신이 쓰고 싶었던 바를 거짐 없이 써 내려간 작품입니다. 에지션과 천리안 없이, 당신과 수헐 치료, 무거비하고 베죽적인 여성 인물, 신뢰할 수 없는 1인칭 화자를 내세운 두 특한 구성에 이르기까지...... 이게 받이 되나요? 하는 생각이 미처 떠오르기도 전에, 엘리엇 있이 빛이

물 가시는 걸음걸음 놓인 그 꽃을 사뿐히 즈려밟고 가시옵소서.

나 보기가 역겨워 가실 때에는 죽어도 아니 눈물 흘리오리다.

조 안, 말 그대로 언제 어디서든 읽을 수 있는 위
티로부터는 일상의 한순간을 포착해 낸 틀테쉬
픽션에 체착이 있다.

→

틀테쉬 픽션 엔솔로지를 기획하면서 1호부터 22
호까지 스물두 권에 실린 《힛티》 틀테쉬 픽션을
다시 읽었다. 엔솔로지에 들어갈 틀테쉬 픽션을 주
려 내기 위해 책상 위에 과월호를 쌓아 놓고 읽기
를 되풀이했다. 총 91편의 틀테쉬 픽션 선에 넷틀티
스의 메거들처럼 진품들을마다 소재나 주제별로 떼
그룹 담았다.

→

틀테쉬 픽션은 해당 중의 커버스토리와 밀착해 있
지만, 공통적으로 묶을 수 있는 주제가 있었다.

↑
↑
↑
↑
↑
↑
↑
↑
↑
↑
↑
↑
↑
↑
↑
↑
↑
↑
힛티에서 위티로부터까지

김세영
Ⓔ 編집자

마케팅부로부터 《힛티》 틀테쉬 픽션 엔솔로지를
위티로부터으로 내 보지 않겠냐는 제안을 받은
건 체의 모음을 그만하던 때였다. 틀테쉬 픽션 엔
솔로지의 행태는 뭐가 좋을까. 역시 잔뜩 가벼운
'원샷 보고' 판형인가? 신문처럼 펼쳐 볼 수 있는
타블로이드판이 좋을까? 그런하면 와줌 들려오
제안을 틀어 비 오는 날의 카페, 해변, 혹
은 안은 넘실 물었다.

2016년 '리부트'된 페미니즘의 흐름을을 받아 하듯 여성으로서 겪는 문제와 그늘을 담은 소설들이 많았다. 연애와 결혼, 육아와 돌봄 등의 문제에 직면한 여성들 사이의 느슨하지만 단단한 우정의 모습을 담아낸 단편들이 많았다. 여성과 여성을 간의 관계에 대한 없는 소설, 1권 『시스터후드』다.

→

한 권을 꼽아 놓고 보니 뭔가 아쉬워졌다. SNS와 인터넷 등의 첨단 기술이 현실에 깊숙이 개입한 상황을 그린 틀림시퀘이션들이 눈에 밟혔다. 《빛터》 11호, '몸-베크놀로지'의 틀림시퀘이션 다섯 편에 모바일 환경을 니스토피아적 상상력으로 그려 낸 작품들을 더해 한 권을 더 엮었다. SF 소설을 즐겨 읽는 독자들에게 2권 『모바일 리얼리티』를 주

청한다. 여기에 여름에 맛보는 '괴담' 틀림시퀘이션이 더해져, 총 세 묶음의 읽고가 꾸려졌다.

→

표지 디자인은 요이뮤에서 맡아 주셨다. 『시스터후드』의 표지 이미지는 박민정 소설가의 「몸의 무게」의 한 장면이다. 너는 사회에서 아름답다고 여겨지는 몸을 갖고 있지 않은 비정규직 교사 '나'는 학생들의 시선을 피해 묶음으로 들어간다. 물속에서 깨어난 나의 몸은 물이 모양이다. 있는 그대로 아름답다. 『모바일 리얼리티』의 표지는 트위터, 페이스북, 인스타그램 등 각종 SNS 속 현실과 실제가 뒤엉켜 버린 상황을 구현했다. 『괴담』 표지의 '신장 란테일'은 그 란테일들 한 잔과 함께 시작하는 무지컬 소설가의 「일음과 담」을 떠올리게 한다.

그렇게 총 서른네 명 작가의 작품 서른여섯 편이
실린 세 권의 위티로두르이 탄생했다. 이제 겨
우 시집과 소설 몇 권을 만들어 본 신입 편집자에
게 배치 상태에서 책을 만들어 내는 건 쉽지 않은
일이 있다. 책의 처음부터 끝까지를 신경 써 주신
마케팅부의 J 팀장님 덕에 더운 여름이 시작되기
전 무사히 책이 나왔다. 책은 생각보다 더 재미있
었고, 더 예뻤다. 그보나19로 여행이 어려워진 시
기, 위티로두르의 독자분들의 욕실 수건집이에,
주방 한편에 걸려 있으면 좋겠다. 일상의 틈새 시
간에 이 슬미로운 짧은 소설들이 작은 즐거움이
되다면 참 참 좋을 것 같다.

쏜살같이

더불어 읽자는 제안의 화살

1판 1쇄 찍음 2021년 6월 18일
1판 1쇄 펴냄 2021년 6월 25일

기획 민음사 편집부
발행인 박근섭·박상준
펴낸곳 (주)민음사

출판등록 1966. 5. 19. 제16-490호
주소 (우편번호 06027) 서울특별시 강남구
도산대로1길 62(신사동)
강남출판문화센터 5층
대표전화 02-515-2000
팩시밀리 02-515-2007
홈페이지 www.minumsa.com
ⓒ 민음사, 2021. Printed in Seoul, Korea
978-89-374-1768-9 03800